文成天縱

玉茗堂四種傳奇 1

〔明〕湯顯祖 撰 〔明〕臧懋循 訂

广西师范大学出版社
GUANGXI NORMAL UNIVERSITY PRESS
·桂林·

玉茗堂四種傳奇
YUMINGTANG SI ZHONG CHUANQI

出版統籌：湯文輝
出 品 人：喬祥飛
責任編輯：陳顯英
助理編輯：姜　偉
責任技編：王增元
書籍設計：常晋一

圖書在版編目（CIP）數據

玉茗堂四種傳奇 ： 全 2 册 /（明）湯顯祖撰 ；（明）臧懋循訂. -- 影印本. -- 桂林 ： 廣西師範大學出版社，2024.6

ISBN 978-7-5598-6500-7

Ⅰ. ①玉… Ⅱ. ①湯… ②臧… Ⅲ. ①傳奇劇（戲曲）－劇本－作品集－中國－明代 Ⅳ. ①I237.2

中國國家版本館 CIP 數據核字（2024）第 102413 號

廣西師範大學出版社出版發行
（廣西桂林市五里店路 9 號　郵政編碼：541004
網址：http://www.bbtpress.com）
出版人：黄軒莊
全國新華書店經銷
三河弘翰印務有限公司印刷
（河北省三河市黄土莊鎮二百户村北　郵政編碼：065200）
開本：889 mm × 1 194 mm　1/16
印張：71.5　　　字數：1 144 千
2024 年 6 月第 1 版　　　2024 年 6 月第 1 次印刷
定價：1800.00 元（全 2 册）

出版説明

《玉茗堂四種傳奇》，明湯顯祖撰、明臧懋循訂，是明代戲曲家湯顯祖的劇本集，又名《玉茗堂四夢》《臨川四夢》《玉茗堂四種曲》。玉茗堂是湯顯祖的書齋，臨川是其籍貫，而這四種傳奇中又都有描寫夢境的情節，故名。四劇各二卷，全書共八卷。

湯顯祖，字義仍，號海若、若士、清遠道人，明代戲曲家、文學家。出身書香世家，自幼便展現出非凡的文學天分。他以王學左派羅汝芳爲師，在思想上與當時占統治地位的程朱理學頗不相洽，在創作上主張抒發真情，認爲『情有者理必無，理有者情必無』（《寄達觀》）。反對宣揚假道學，反對以各種各樣的條條框框束縛作者的真情實感，認爲戲曲應以『意、趣、神、色』爲主。湯顯祖一生著作頗多，以其卓越的文學才華和深厚的藝術造詣，爲我們留下了豐富的文化遺産。其中，最爲人稱道的便是《玉茗堂四種傳奇》。

臧懋循，字晋叔，號顧渚山人，湖州長興人，明代戲曲家、戲曲理論家，以收藏和刊刻戲曲著稱。其《元曲選》選輯元人百種雜劇著作，爲後人保存了大量的元雜劇文本。在修訂《玉茗堂四種傳奇》時，他對『脚色行當的調整』『關目緊凑性的增强』『曲白協同的優化』等處理，使得伶工表演更加符合劇情和人物性格的需要，且關目精簡，便於搬演，又提高了戲曲的藝術效果。這些修訂的『標注』爲後人理解他的戲曲觀點提供了具體的例證。

四種傳奇中，《紫釵記》作於萬歷十五年（一五八七）前後，初版則在萬歷二十三年（一五九五），是湯顯祖的早期作品，以其細膩的情感描寫和獨特的叙事結構，展現了愛情的偉大與複雜。《還魂記》（即《牡丹亭》）成於萬曆二十六年（一五九八），以其深刻的哲理思考和唯美的藝術風格，成爲明代戲曲的代表作之一。湯顯祖極爲偏愛，曾說：『一生四夢，得意處惟在《牡丹》。』《南柯夢》成於萬曆二十八年（一六〇〇），《邯鄲記》成於萬曆二十九年（一六〇一），分别通過夢境的描繪，探討了人生的虚幻與真實，具有深刻的哲學思考。四種傳奇各具特色，情節豐富，人物形象鮮明，語言優美動人，不僅具有極高的文學價值，也爲我們提供了研究明代社會、文化、風俗等方面的珍貴資料。

《玉茗堂四種傳奇》在戲曲表演藝術方面有着重要的影響，爲後世的戲曲創作和表演提供了豐富的借鑒和啓示，其流傳版本衆多。有明萬曆年間雕蟲館刻本《玉茗堂新詞四種》、萬曆末柳浪館評點本『臨川四夢』、天啓四年（一六二四）張弘毅著壇刊本《玉茗堂四種曲》（祇刊出《牡丹亭》）、崇禎間刻沈際飛獨深居點定本《玉茗堂四種曲》、明末刊本《湯義仍先生四種曲》、清初竹林堂輯刻本、乾隆六年（一七四一）金閶映雪堂《玉茗堂四種傳奇》刊本、暖紅室彙刻傳劇本等。清代音樂家葉堂曾爲四劇製譜，稱爲《四夢全譜》，附於《納書盈曲譜》中。

本書以國家圖書館藏清乾隆二十六年（一七六一）書業堂重刻本爲底本影印出版，不僅是對原著的傳承，更融入了明代學者的注釋與解讀，爲我們理解明代戲曲文化提供了寶貴的資料，有較高的版本價值、收藏價值。對傳承中華優秀傳統文化，促進明代戲曲藝術的深入研究有所裨益。

廣西師範大學出版社北京文獻出版中心

二〇二四年五月

總目録

還魂記

還魂記

乾隆廿六年重鐫

臨川湯若士撰
吳興臧晉叔訂

玉茗堂四種傳奇

還魂 邯鄲
紫釵 南柯

金閶書業堂藏版

還魂記目錄

卷上

記目

原書此處缺葉

雲十兜折
玩真

第十五折
魂遊

第十六折
眞士
還魂記

第十七折
幽媾

第十八折
繕備

第二十折

第二十一折
移鎮

第二十二折
婚走

第二十三折 駭變

第二十四折
如杭

第二十五折
寇間

第二十
聽試

折寇

第二十八折

急難

第二十九折圖

玉茗堂四種傳奇

第三十一折
鬧宴

第三十二折
榜下

第三十三折 硬拷

第三十齣
折闈喜

第三十五折
圓駕

圓駕

還魂記卷上

臨川　湯義仍　撰
吳興　臧晉叔　訂

開場

蝶戀花〔末上〕忙處拋人閒處住、百計思量、沒個為歡處、白日消磨腸斷句、世間只有情難訴。○玉茗堂前朝復暮、紅燭迎人、似得江山助、但是相思莫相負、牡丹亭上三生路、

借問後房子弟、今日搬演的誰家故事、那本傳

奇（内）還魂記（末）原來是杜麗娘牡丹亭的故事
聽小子把家門略道幾句便見得這一本傳奇
大槩漢宮春　杜寶黃堂（内）家門漫道（末）生麗娘
小姐愛踏春陽感夢書生折柳竟爲情傷寫眞
留記葬梅花道院淒涼三年上有夢梅柳子於
此赴高唐　果爾回生定配赴臨安取試寇起
淮陽正把杜公圍困小姐驚惶教柳郎行探返
遭疑激惱平章風流况施行正苦報中狀元郎
杜小姐夢寫丹青記　陳教授說下梨花槍

柳夢梅柳州人也而又姓柳自可認子厚一派更作鍾三才爲萬熱後人剽竊

柳秀才偷載回生女　杜平章刁打狀元郎

第一折　言懷

【真珠簾】生扮柳夢梅上　河東舊族吾柳氏名門最論星宿連張帶鬼幾葉到寒儒受人雨打風吹謾說書中能富貴顏如玉和黃金那裏貧薄把人灰且養就浩然之氣

【鷓鴣天】刮盡鯨鰲背上霜寒儒偏喜住炎方憑依造化三分福紹接詩書一脉香　能鑿壁會懸梁偷天妙手繡文章必須砍得蟾宮桂始信

藝太甚且越王臺與牡丹亭有何干涉而注意于咨訪乎如苗使者乃郎一生得力之人此處不即點出則下文香山嶴實折為突然

柳□十□牽入

人間玉斧長。小生姓柳、名夢梅、表字春卿、原係唐朝柳州司馬柳宗元之後、留家嶺南、父親朝散之職、母親院君之封、數介所恨我自小孤單、生事微渺、未遭時勢、不免饑寒、忽然半月之前夢到一枝梅花樹下、立着一個美人、如送如迎、說道遇我、方有姻緣之分、發跡之期、因此改名夢梅、正是夢短夢長俱是夢。年來年去是何年。

【九廻腸】（解三酲）雖則是改名更字。悄魂兒未卜先知。定佳期盼煞蟾宮桂。柳夢梅不賣查梨。還則怕嫦娥妬色花頹氣。等的梅子酸心柳皺眉。渾如醉。

〔三學士〕無螢鑿遍鄰家壁。甚東牆不許人窺。有一日春光暗度黃金柳。雪意冲開白玉梅。〔急三鎗〕那時節走馬在章臺內。絲兒翠籠定個百花魁。

我想坐守寒氊、怎能勾有發跡日子。不如去學干謁、以圖寸進。聞得有個欽差、識寶使中、苗老先生、今秋滿任、例于香山嶴、多寶寺祭賽、何不假以看寶為名、徃求一見、備說話中間、可以打動他、得其賑援、亦未可知、

凡戲落場詩宜用成語為佳耳也北曲杜〻集唐殊乏趣故[illegible]留為多

原本有萬里橋西句本杜子美故居以露譜改之

一場春夢甚分明。到底姻緣不可憑。

且往香山觀寶去。人間或自有多情。

第二折 訓女

滿庭芳外扮杜太守、淨丑扮家僮上西蜀名儒、南安太守。幾番廊廟江湖。紫袍金帶。功業未全無。華髮不堪回首。意抽簪濯錦城隅。還只怕君恩未許。五馬欲踟躕。

一生名宦守南安。莫作尋常太守看。到來只飲官中水。歸去惟瞻屋外山。自家南安太守杜寶、

杜守輔子美之後蓋爲西中有吾家杜甫語也至甄夫人復借魏甄后無乃欲作對之誤耶削之
甄音眞

蜀叶如去聲
老旦帖旦貼宜同上故以

寶字子充、世居西蜀、乃唐朝杜子美之後人也、廿載登科、三年出守、清名惠政、播在人間、夫人甄氏、頗有賢德、爭奈年近五旬、尚乏子嗣、單生一女、名喚麗娘、才貌端妍、未議婚配、看起古來淑女、無不知書、今日政有餘閒、不免請出夫人、商議此事、正是中郎學富單傳女、伯道官貧更少兒○

【遶池遊】（老旦扮甄氏上）甄妃洛浦、嫡派來西蜀○封大郡南安杜母○（旦扮杜麗娘、貼扮春香隨上）燕[illegible]

逶迤逶迤兮唱
而省其一

鶯慵春光難駐。寸草心、欲報何如。
見介外老拜名邦無甚德。老旦妾沾封誥有何
功。旦春來閨閣閒多少。貼長向花陰課女工。旦
蹤介、今日春光明媚、爹娘實坐後堂、女孩兒躬
進三爵之觴、少效千春之祝、外既如此、將酒過
來、
玉山頹、旦進酒介、爹娘萬福。女孩兒無限歡娛。坐
春風百歲韶顏。進美酒一家天祿。祝萱花椿樹。雖
則是芝蘭遲暮。貼合守得蟠桃熟。且提壺。尊前長

看鳳將雛。

【前腔】【外】吾家杜甫。爲漂零老愧妻孥。夫人、我比子美公、公更可憐也。他還有念老夫詩句男兒。我則有學母氏畫眉嬌女。【老旦】相公休焦。倘然招得好女婿、與兒子一般。【外笑介】可是一般呢。【老旦】做門楣古語爲甚的叨叨絮絮。【外老旦合】纔到中年路。每躊躇。尊前愁聽鳳將雛。

【外】院子、將臺盞收拾去。【淨丑應下介】【外】春香、小姐終日繡房、有何生活。【貼】繡房中、則是刺繡。【外】

繡的許多、貼繡了打綿、外什麼綿、貼睡眠、外惱介女孩兒你白日睡眠、是何道理、假如刺繡餘閒、有架上圖書、可以寓目、他日到人家、知書知禮、父母光輝、如今習的這般懶惰、都是你娘失教也、旦跪介、爹爹息怒、孩兒知罪了、從今自當改過、又跪老旦介、望母親時常教道、

原本曲今刪其二

玉胞肚黃堂父母。倚嬌癡。慣習如愚。剛打的鞦韆畫圖。閒榻着鴛鴦繡譜。旦從今後茶餘飯飽破工夫。玉鏡臺前學誦書。合下

秦蘩刪不宜刪也舊本原集唐落場今改詩夫人云云杜守又云云皆何俚狀是傳奇之訣

【老旦】雖然如此、要個女先生、講解纔好、【外】這不能勾、

【前腔】後堂公所。請先生是鴻門腐儒、【老旦】女兒呵怎念遍孔子詩書。但略識周公禮數。【合】不枉了千金嬌養掌中珠。班謝家風女校書。

【外】從今愛女休貪犢、長把詩書相戒勗。

【老旦】假使文君不讀書。琴中豈解求凰曲。

【外】夫人、你平日不肯教訓女孩兒、如今他年紀長大了、却說這等話、是何道理。【下】

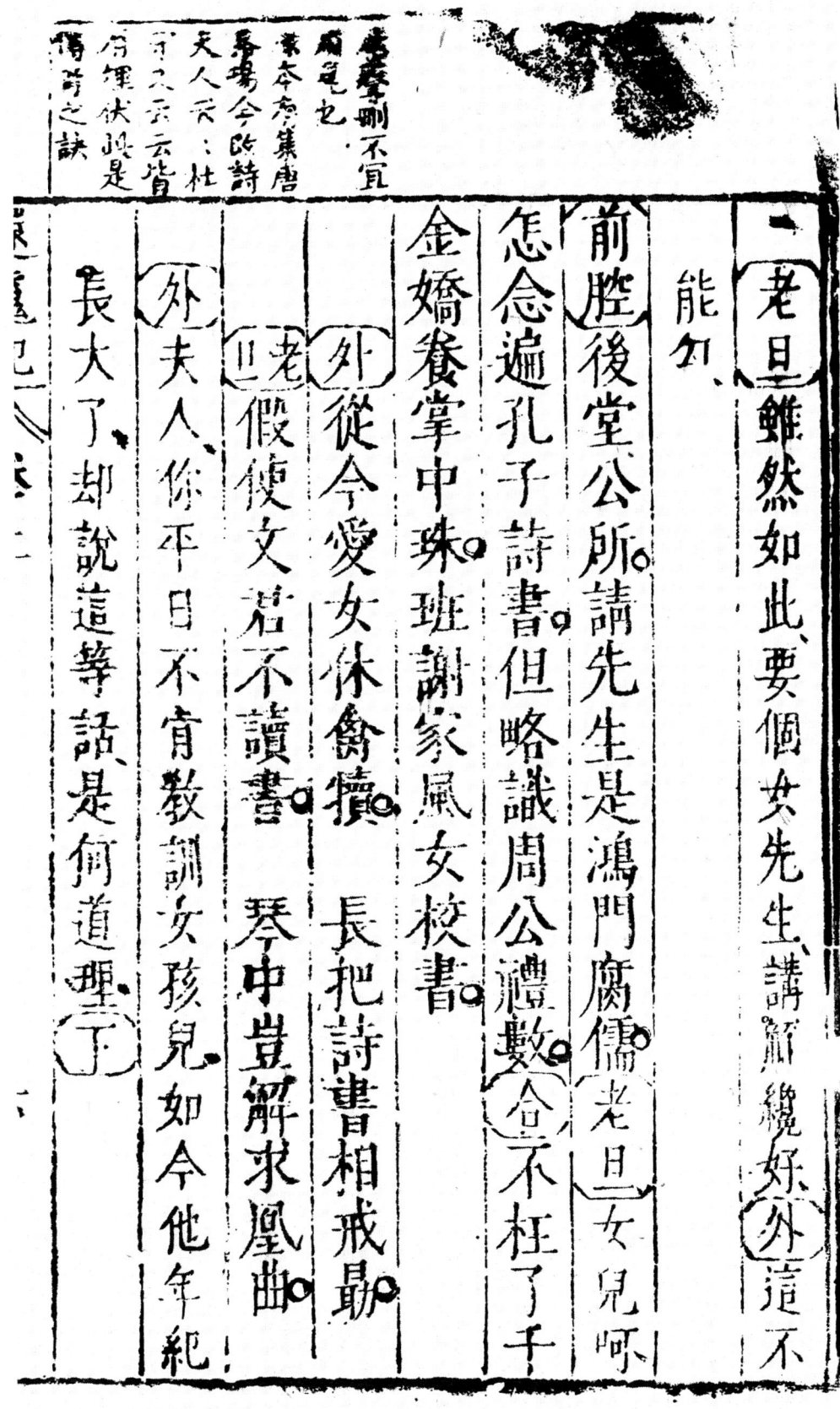

原引以用侵字韻改之

第三折　延師

雙勸酒（末扮陳最良上）終年讀書。青氊寒苦。雲霄自如。以致身無路。可憐偃蹇白頭飾。有誰人問我窮儒。

自家、南安府儒學生員、陳最良、表字伯粹、祖父行醫、小子自幼習儒、近因考劣停廩、兼且兩年失館、衣食單薄、這些後生輩、都叫我陳絕糧、明年是六十歲也、不想甚的了、有個祖父藥店、依然開張在此、儒變醫、菜變虀、這都不在話下、昨

原本作三折今併爲一故陳與丑有洞仙歌二曲又陳上場引子並刪

日聽見本府杜太守有個小姐、要請先生、好些奔競的鑽去、他可爲甚的、鄉邦好說話一也、通關節二也、撞太歲三也、串他門子管家、改竄文卷四也、別處吹爐進身五也、下頭官見怕他六也、家裏騙人七也、爲此七事、沒了頭要去、他們都不知、官衙可是好踏的、況且女學生一發難教、輕不得、重不得、倘然間體面有些不著、啼不得、哭不得、似我老人家、只是罷了、（丑扮老門子上）天下秀才窮到底、學中門子老成精、（見介）東

穿大衣服是做法

齋長報喜、末何喜。丑杜太爺要請個先生教小
姐、掌教老爹、開了十數名去、都不中。說要老成
的、我去掌教老爹處、禀上了你、太爺有請帖在
此、末人之患在好為人師、丑是人之飯有得恰
喫哩。末既如此、待我回家穿了大衣服好去、丑
這等、我先去通報、你隨後徑到府門前來便了、
同下、
胡鴣練外引小生扮門子生扮吏老旦雜扮皂隸
上、山色好。訟庭虛。門催坐、漏意何如。似飛鳥、暮來

原本第六折閨塾令併入延師故陳上場白丑貼送之話引並删

朝夫。

我杜寶出守此間、因爲女孩兒、尋個老儒教訓他、昨日府學開送一名廩生陳最良、年紀六旬、從來飽學、一來可以教授小女、二來可以陪伴老夫、左右、陳秀才到來、即便通報、（衆應介）（丑上、太爺坐衙了、適將候陳齋長、還不見來、（末儒巾藍衫上）愧之西河學、叨爲東閣賓、（丑禀介）陳秀才到、（外）就請衙內相見、（末跪介）生員陳最良禀拜、（拜介）（末）廣學開書院、（外）崇儒引席珍、（末）獻酬

此折本用魚模韻而杜守曲又入齊微今改正

樽俎列。(外)賓主位班陳。左右、陪齋長在此淸敘、着門役散回、家丁伺候、(衆應下)(淨扮家童上、(外)久聞先生飽學、敢問尊庚有幾、祖上可也、習儒(末答)稟、

【鎖南枝】春闈裏。幾獻書。儒冠悞人半百餘。(外)近來也不曾麼、(末)家世舊懸壺。愚生守章句。(外)原來世醫、還有何長(末)通六藝。敢自誣。歎時乖多不遇。(外)這等、一發有用、

【前腔】聞名久。識面初。果然大邦生大儒。(末)不敢、(外)

[illegible]音部

有女頗知書。先生勞訓誨。(末)當得、只怕做不得小
姐之師。(外)怎敢比班大姑。選良辰。教他拜師傅。
院子敲雲板、請小姐出來。(淨)傳命介
前腔(旦引貼上)添眉翠。搖佩珠。繡屏中生成士女
圖。蓮步鯉庭趨。儒門舊家數。(貼)先生來了、怎好。(旦)
少不得去、丫頭、那賢達女。都是古鏡模。你便略知
書。也做好奴僕。
(淨報介)小姐到、見介。(外)我兒過來、拜了先生。(末)
鼓吹介(旦)拜(末)還禮、介(外)春香、向陳師父叩頭。

就着他伴讀。(貼叩頭介)(末)敢問老大人令愛小
姐先讀何書。(外)詩經開首便是后妃之德教小
女習詩經罷。(末)謹領。
前腔(外)我年將半。性喜書。牙籤插架三萬餘。伯道
恐無兒。中郎有誰付。先生。小女該限個丈夫與他
倘有不臻的所在。可打丫頭。(貼)哎喲。(外)冠兒下做
個女秘書。小梅香要防護。
老夫有少公事未了。待曉堂散後。還要與先生
小敘。春香。伏侍小姐。到書堂讀書去。(下)(末旦貼

窈音杳 窕挑上聲

淨到書堂介淨替末脫藍衫介末春香取毛詩過來貼毛詩在此末念介關關雎鳩在河之洲窈窕淑女君子好逑旦師父這詩怎麼講解末關關雎鳩是個鳥關關鳥聲性喜幽靜在河之洲貼是了前日我衙內關着個班鳩兒被小姐放去一飛飛在何知州家末胡說這是興貼興甚的末興者起也起那下頭窈窕淑女是幽閒女子有那等君子好好的來逑他貼爲甚好好的求他末多嘴旦師父依註解書學生也自理

遂叶當打切

括叶音褭二曲結句皆不合調今改正

會但把詩經大意敷演一番

模角兒（末）論六經詩經最葩閨門內許多風雅有

指證姜嫄產哇不嫉妒后妃賢達更有那咏鷄鳴

傷燕羽泣江皋思漢廣洗淨鉛華有風有化宜室

宜家總歸他無邪兩字把百篇包括

書講了春香取文房四寶來模字（貼）取（介）紙筆

墨硯在此（旦）學生自會臨書春香還勞把筆（末）

看你臨（旦）寫（介）（末）看驚（介）我從不見這樣好字

這甚麼格（旦）是衛夫人傳下美女簪花之格

溺尿關切此處脚插入後園得做法矣

待我寫個奴婢學夫人（旦）還早哩（貼）先生學生
領出恭牌（下）（旦）敢問師母尊年（末）目下平頭六
十（旦）學生待繡對鞋兒上壽請個樣兒（末）生受
你只依孟子上做個不知足而爲履罷了（旦）還
不見春香來（末）要喚他麼（末叫三度介）（貼上）害
淋的（旦作惱介）劣丫頭那裏來（貼笑介）溺尿去
來原來有座大花園花明柳綠好耍子哩（末）哎
也不攻書後花園去待我取荊條過來（貼）荊條
個甚麼

[illegible]　[illegible]　霞叶豪耶切

前腔女郎行那裏應文科判衙止不過識字兒書塗嫩鴉（末）古人讀書有囊螢的有映月的（貼）待映月耀蟾蜍眼花待囊螢把蟲蟻兒支煞（末）還有懸梁刺股的（貼）比似你懸了梁損頭髮刺了股添疤納有甚光華小姐花園裏真個好耍子有曲闌如畫又有繁花似霞（末）又來引逗小姐待我當真打一下（末打貼做閃介）那些個春風桃李門牆之下（貼搶荊條投地介）（旦）死丫頭唐突師父快跪下（貼跪介）（旦）師父看他初犯

踏 叶當打切　瞎 叶香亞切　髮 叶方雅切　法 叶方雅切

（前腔）手不許把鞦韆索拏，脚不許把花園路踏。（貼）
則瞧罷。（旦）還應嘴招風嘴，把香頭綽疤；招花眼，把
繡鍼兒籤瞎。（貼）瞎了不中用。（旦）只要你守硯臺，跟
書案，伴詩云，陪子曰，沒的爭差。（貼）爭差些罷。（旦）撏
貼髮介　問你幾絲頭髮，幾條背花，敢也怕夫人堂
上那些家法。
（貼）再不敢了。（末）也罷，饒你這一次，起來。（貼）起介
（尾聲）（末）女弟子雖不求聞達，和男學生一般教法，
怎辜負一天明窗新絳紗。

（末）春香伏侍小姐回衙去、我明日再來（下）序暗遶末
下（貼）作從背後指末罵介村老牛、癡老狗、一些
趣也不知（旦）作扯介死丫頭、一日為師、終身為
父、他打不的你、俺且問你、那花園在那裏（貼）做
不說（旦）笑問（貼）指介兀那不是（旦）可有什麼景
致（貼）景致麼、有亭臺六七座、鞦韆一兩架、繞的
流觴曲水、面着太湖山石、名花異草、委實華麗
（旦）原來有這等一個所在、得空我和你看去（下）

第四折 勸農

想音氣

厚夲有父老夜遊朝引又公事入普賢歌湘唱排戲㸃綴

夜遊朝外引小生扮門子老旦雜扮皂隷上何處行春開五馬采邠風物候濃華竹宇聞鳩朱幡引鹿且留憩甘棠之下

古調笑時節時節過了三春二月午晴膏雨煙濃太守春深勸農農重農重緩理征徭詞訟這南安府在江廣之間春事頗早想做太守的深居府堂那遠鄉僻塢有抛荒遊瀨的何由得知昨日分付該縣置買花酒待本府親自勸農想已齊備生扮縣吏同雜扛花紅上承行無令史

傳商許切

帶辦有農民稟太爺、勸農花酒俱已齊備（外）分付起馬（衆喝道行介）（外）正是爲乘陽氣行春令、不是閒遊玩物華（副淨末扮父老迎介）衆父老迎接太爺（外）起來衆父老、此爲何鄉何都（副淨末）是南安縣第一都清樂鄉（外望介）長相思你看山也清水也清、人在山陰道上行、春雲處處生（副淨末）正是官也清吏也清、村民無事到公庭、農歌三兩聲、

八聲甘州（外）平原麥灑、看翠波冉冉、綠疇堪畫、[illegible]

[illegible]切
孝元歌調由二句為頭尾聲也一下至仍歸本調持補足之
䬀烏鼓切

酥嫩雨轉添春色繁華。趁江南土疎田脉佳。怕人戶拋荒力不加。(小生)生合還怕有那無頭官事誤你生涯。

前腔(副淨末)千村轉歲華。愚父老香盆兒童竹馬。陽春有腳。經過百姓人家。月明無犬吠杏花雨過有人耕綠野。小生生合非假。真個是村村雨露桑麻。

孝元歌(淨扮田夫持鋤上)泥滑喇。腳支沙。短耙長犁滑律的拿。夜雨撒菰麻。天晴出糞渣。香風䬀䬁。

社叶詩蘇切

糞渣香等語深得元曲體今人罕知趣者

殺叶雙鮓切

髻音加
髽音渣

待到秋成。黃雲遍野。鑼鼓鷄豚。共賽枌榆社。（外歎的好。歌的好。他說夜雨撒菰麻。天晴出糞渣。父老你知道糞渣是香的。有詩爲證。焚香列鼎奉君王。饌玉炊金飽即妨。直到饑時聞飯過。龍涎不及糞渣香。賞他花酒去。（淨插花飲酒介）好酒。（叩謝介）（副淨末合）先賜酒後揷花。把農夫們生拆殺。（淨下）

前腔（丑扮牧童拿笛上）春鞭打。短笛吹。牛背斜陽閃暮鴉。做指門子介。他一樣小腰擻。一般雙髻髽。能騎大馬。偏我騎牛。晚歸村舍。雖則荒涼倒也無

一

一衆名天上

大寶惡雅切

牽批（外）歌的好歌的好。他說一樣小腰擺。一般[illegible]髩鬆。能騎大馬。父老你怎知騎牛的倒穩、有詩為証、常羨人間萬戶侯。只知騎馬勝騎牛。今朝馬上看山色。爭似騎牛得自由。賞他花酒去。（丑）插花飲酒介（合）先賜酒。後插花。把村童們生拆殺（下）

前腔（貼扮蠶婦攜桑鉤桑籃上）桑陰下。竹籠提。順手腰身翦一了。呀、什麼官員在此。賤妾本秦家秋胡。怎認他。提金下馬。日暮蠶饑。采桑無暇。自有夫壻。盤盤亦是專城者。（外）歌的好、歌的好。父老說與

此下有老旦、采茶兩、一段、頗冗長無趣、竟上陪清江引、歸結齋人矣、三齣

他我不是魯國秋胡、也不是秦家使君、是本府太爺勸農到此、有詩爲証、一般桃李聽笙歌、此地承恩十畝多、不比世間閒草木、絲絲葉葉是綾羅、賞他花酒去、貼插花、飲酒介、合、先賜酒、後插花、把盞衆人、牛、扮殺、下

末跪介、稟太爺、衆父老擺下茶飯伺候、外、不消餘花餘酒、父老們領去、給散各鄉村、也見本府勸農之意、末、理會的

外、問子何事出行田、只爲乘春勸課先

父老吊場諢諸戲皆有之然欲去套極難所謂聊復爾爾

原本有蠶苑第八折今刪

贏得兒童好言語　太平第一是豐年

(外下)(父老送介)(副淨)好太爺、好太爺(末)我們如今傳遍各村去、要把京樣的皂靴、預先造下、與等太爺陞任時節、好與他脫靴(副淨)那太爺好便好、只是有些利害、近日差出狼虎一般的應捕下鄉來(末驚云)來做甚麼、(副淨)專訪拿你這個爬灰的、(末做嘴臉介)難道你也不爬呀(下)

第五折　遊園

(貼上)花面丫頭十三四、春來綽約省人事、終須

鳥上吹遠也遂為霜天曉角聲重疊也

裊步香閣怎無分寸嬌其

等着助情花款款相隨緊緊次我春香月夜跟着小姐讀書、好生困倦、近因老爺下鄉勸農有幾日未回、小姐要乘此往後花園遊玩、不免分付園工打掃則個、（下）

霜天曉角（旦上）夢回鶯囀。亂煞年光遍。香閨不慣相思怨。底事拋殘鍼線。

（貼上）（旦）春香、可曾叫人打掃花逕、（貼）分付了（旦）既如此、和你同去走一遭、（行介）

步步嬌（旦）裊晴絲吹落閒庭院。搖漾春如線。半餉

自歎若此而為夢中人所持信知有女懷春吉士固能誘之矣此下有醉扶歸再今刪迴者元

錦屏人忒看的韶光賤此當家語也

整花鈿沒揣菱花偷人半面〔合〕迤逗的彩雲偏
香閨怎把全身現
〔貼〕小姐我和你不到園林怎知春色如許
皂羅袍〔旦〕姹紫嫣紅開遍似這般都付斷井頹垣
良辰美景奈何天賞心樂事誰家院恁般景致我
老爺和奶奶再不提起〔合〕朝飛暮卷雲霞翠軒雨
絲風片煙波畫船錦屏人忒看的韶光賤
〔貼〕是花都放了單則那牡丹還早哩
好姐姐〔旦〕滿青山啼紅杜鵑荼蘼外煙絲醉軟牡

原本好姐姐後有隔尾南曲無此也今改合二句稍緩其詞以顯尾聲別是一法

笄音基 此下旦有山坡羊曲今刪

丹雖好。春歸怎占先。（合）閒遊遍。奈春光惱得遊人倦。倒不如興盡還家且去眠。（旦）春香、和你回去罷、作坐介（貼）小姐、你歇息片時、我瞧老夫人去也、（下）（旦）歎介、咳、恁般天氣好困人也、常觀詩詞樂府、古之女子、因春感情、遇秋成恨、信有之矣、但是韓夫人邂逅于郎、張生偶逢崔氏、皆以密約偷期、後果得成秦晉、吾生於宦族、長在名門、年已及笄、不能早諧佳配、虛度青春、豈不可惜、做呵欠介、園中回來、身子困

[illegible]

乏旦自隱几沉睏片時〔睡介〕夢生〔介〕生持柳枝

上鶯逢日煖歌聲滑。人遇風晴笑口開。一逕落

花隨水入。今朝阮肇到天台。小生順路兒跟着

杜小姐回來怎生不見〔做見介〕呀小姐小姐〔旦

作驚起介〕〔生〕小生那一處不尋訪小姐來却在

這裏〔旦作斜視不語介〕〔生〕恰好花園內折取垂

柳半枝小姐你旣淹通書史可作詩以賞此柳

枝乎〔旦作欲言又止介〕〔背云〕想這生素昧平生

何因到此〔生笑介〕小姐

[illegible]題結皆佳

花神專爲要
好看藉南身
以丞術不可
以幽會

山桃紅只爲你如花美眷。似水流年。是答兒閒尋
遍。在幽閨自憐。小姐和你那答兒講話去。(旦作含
羞不行生作牽衣介)(旦低問介)那邊去。(生)轉過這
芍藥欄前。緊靠着湖山石邊。(旦笑問介)秀才去怎
的。(生)把領扣鬆。衣帶寬。袖稍兒揾着牙兒苫也。只
待你忍耐溫存一晌眠。(生前抱旦作推介)(合)是那
處曾相見。相看儼然。早難道相逢無一言。
(生攜旦下)(副淨扮花神束髮冠紅衣插花上)
小生非別乃掌管南安府後花園花神是也。因杜小

須暫下場不得不借此以待其重上故紐老催曲可刪也

貼口前腔兩紅鬆翠偏下少二句何也

知府小姐麗娘與柳夢梅秀才後來有姻緣之分、杜小姐遊春感傷致使柳秀才入夢、待他雲雨方歡、不免撒下落花、驚醒他、好送杜小姐仍歸香閣、正是催花御史惜花天、檢點春工又一年、蘸客傷心紅雨下、勾人懸夢綵雲邊、（下）

【前腔】生旦攜手上、這一霎天留人便。草藉花眠。只把香鬟點紅鬆翠偏。也不用玉杵瓊漿做了藍橋遇仙。和你緊相偎慢廝連。假肉兒般團成片也逗的個日下胭脂雨上鮮。（合前）

麗娘本處女
忽作此夢遂
至于死然何
必夢後復醒
露出情實為
阿母所窺乎
西廂老夫人
不至堂前巧
辯時因不疑
鶯鶯有此子
刪之爲臨川
慶幸也
此後旦有線
搭絮曲亦刪
去

生小姐你身子倦了將息將息扶旦依前作睡
輕拍旦介小姐我去也作回顧介小姐你好自
將息我再來瞧你行來春色三分雨睡去巫山
一片雲下旦作驚醒低叫介秀才秀才你去了
也呀元來一場春夢好惟好怖此夢從何而來
我與這生素非相識因何一見便若有情却被
他嚇抱去牡丹亭畔共成佳會朦朧醒來如有
所失得非前世與這生有夙緣乎旦自由他看
日後有何應驗歎介爹爹你敎我學堂看書知

那夢兒還去不遠句絕似元人惜首尾不合調耳

孫川本第二十折也今改于此

又第五有鼓于臺與韓子

他那一種書是消得人愁悶的春香那裏貼上

小姐老夫人今夜不來了早些薰了被窩睡罷

尾聲（旦）春心困只待眠那夢兒還去不遠可能勾再與纏綿

（貼）本貪春色到花園　翻覺春遊倦欲眠

（旦歎介）且把香閨深閉却　知他腸斷阿誰邊

第六折 謁遇

光光乍（淨扮僧上）一領破袈裟香山嶴裏巴多生多寶多菩薩多多照證光光乍

寺懷眺折第十二有與園公郭駝訣諸折第三十九有郭駝僕頁折皆屬迂闊刪之

汊叉去聲

苗舜賓非淨腳也改小生扮之

小僧廣州府香山嶴多寶寺住持的便是。今有欽差苗爺任滿，祭賽於多寶菩薩，前不免擺設香火，在此伺候。

【掛眞兒】（小生扮苗舜賓，末扮通事，副淨扮舍人，老旦雜扮祇候上）半壁天南開海汊。向百八珠窟裏排衙。

（僧跪接介）多寶寺和尚磕爺頭。（小生）銅柱珠崖道路難。伏波橫海舊登壇。越人自貢珊瑚樹。漢使何勞獬豸冠。自家欽差識寶使臣苗舜賓是

闍浮者類
婆叶音摩
此下有寺僧
動今刪

也三年任滿例當祭賽多寶菩薩通事那裏末

見介小生通事分付番回獻寶末俱已陳設丑

扮番鬼獻寶介小生看寶介奇哉寶也眞乃磊

落山川精熒日月多寶寺不虛名矣看香內鳴

鐘小生禮拜介

亭前柳三寶唱三多七寶妙無過莊嚴成世界光

彩遍娑婆甚多功德無邊濶合領拜南無多得寶

實多羅

掛眞兒生西望長安紅日下歎書生海角天涯

玉茗堂

小生柳夢梅、爲訪苗侍中而來、此間也是多寶寺了、見副淨介生煩勞大哥通報一聲、廣州府學生員、柳夢梅來求看寶、報介小生朝廷禁物那許人觀、既係斯文、權請相見、見介生南海明珠船。小生西方捲玉門。生剖懷俟知已。小生叨乘接賢人。請問秀才、以何至此、生小生貧苦無聊、聞得大人在此賽寶、願求一觀、以開懷抱外生笑介既遊南土之珍。何惜西崑之秘。請試一觀、引生看寶介生明珠美玉、小生見而知之、[illegible]

射叶神怕切
差去聲
靺音末
鞨音曷

問數種未秀何名、煩老大人一一指教、

【駐雲飛】（小生）這是星漢神沙。這是煮海金丹鐵樹花。這是猫眼精光射。這是母碌通明差。（紫）這是靺鞨柳金芽。這是溫涼玉斝。這是吸月蟾蜍和陽燧氷盤化。（生）我廣南有明月珠、珊瑚樹、（小生）徑寸明珠等讓他。便是幾尺珊瑚碎了他。

（生）小生不遊大方之門、何由覩此、

【前腔】天地精華。偏出番回到帝子家。稟問老大人、這寶來路多遠、（小生）有遠三萬里的、至少也有一

舶音白
樺與划同

萬多程（生）這般遠、可是飛來走來（小生笑介）那有
飛走而至之理、都因朝廷重價購求自來貢獻（生
歎介）老大人、這寶物蠢爾無知、三萬里之外、尚然
無足而至、生員柳夢梅滿胸奇異、到長安三千里
之近、倒無人購取、有脚不能飛、他重價高懸下。那
市舶能奸詐。（衆）浪把寶船樺。（小生）秀才敢疑這寶
物欠真麼（生）小生、豈敢、但以此寶、饑不可食、寒不
可衣、似虛舟飄瓦。（小生）便秀才說、何為真寶（生）不
敢欺、小生倒是個真寶、我若載寶而朝。廷上應無

那生自負真寶苗使者一見識之稱識寶中郎不虛矣

天子好見官府難見亦是傷時之論

價〔小生笑介〕則怕朝廷之上這樣寶也多着〔淨〕
但獻寶龍宮笑殺他。便鬭寶臨潼賽得他。
〔小生〕這等便好獻與聖天子了〔生〕寒儒薄相要
伺候官府尚不能勾怎見的聖天子〔小生〕你不
知倒是聖天子好見〔生〕則三千里路貲難處〔小
生〕一發不難古人黃金贈壯士我將衙門常例
銀兩助君遠行〔生〕果爾小生無父母妻子之累
就此拜辭〔小生〕左右取書儀一百兩來云邊看
酒〔外上〕廣南愛喫荔枝酒直北偏飛榆莢錢書

嶼音墅

重瞳有眼蒼天瞧句佳

謝叶詞褒切

發叶方雅切

儀在此（小生）路費請秀才收下（生揖介）多謝老
大人厚賜（小生送酒介）
【三學士】趁秋風走出香山嶼（化）向長安有路榮華無
過獻寶當今駕撒去收來再似他（合）願言早把荷
衣挂喜歸來錦上花
【前腔】（生回酒介）只怕重瞳有眼蒼天瞧似波斯賞
鑒無差出來寶色無真假全在淘金會揀沙（合前）
【尾聲】（生拜介）匆匆拜別深深謝（小生）一杯酒酸寒
奮發（合）看寶氣沖天海上槎

原本遊園後有慈戒折益顯夫人之覺而責婢女也予謂不特尚未尋夢則麗娘神思不屬困倦至此故削之爲是旦之尋夢有不可以語人者止寫情入後園點想蹤跡而毋氏申其戒梅香多其絮[illegible][illegible]是當家之作[illegible]此折有春

【小生】百金相贈未爲多。但願明時早決科。
【生】惟有感恩與知己。千年萬載不消磨。

第七折 尋夢

【謁金門】【旦上】春睡倦。無奈寸腸千轉。羞見畫梁雙語燕。淚消紅粉面。

忽忽花間起夢情。女兒心性未分明。無眠一夜燈明滅。恨煞梅花喚不醒。昨日偶爾春遊。何人見夢。綢繆顧盼。若遇平生。朦朧覺來。歷歷如在。尋思轉展。竟夜無眠。今早乘此空閒。不免背却

春選早膳諸齣並刪雖有麗句不敢惜也起句即詩家所謂發端窽難直截此願得之此曲見迪環記長吁氣在荼蘼架邊不金谷園也既川吳以為感武公故句字多尉醜音剗覷拔典切咍音去聲

春香悄向花園尋訪踪跡、行介一徑行來巳到

園內只見牡丹亭、芍藥欄、光景儼然、這生安在、

歎介

金谷園那一答可是湖山石邊這一答牡丹亭畔

只見春光流轉裊裊的柳絲懸歷歷的鳥聲喧

呀、昨日那書生、將柳枝要我題咏、強我歡會[illegible]

好不話長也

嘉慶子是誰家年少來近遠驀地裏相逢後園[illegible]

到其間覷覰他捏着眼強閑遮咱嘬着口待酬[illegible]

此下有尹令吳人目爲杭纔腔與其愚聽不若去之

此與下豆葉黄二犯公令多不合調姑爲改竄然歌者吾恐不至太強耳

纏音遣

綣音眷

想起那生被他摟到牡丹亭畔呵、

【品令】他就太湖石畔。立着玉嬋娟。把玉山推倒日煖玉生煙。便待要金縷香綃花下展。羞答答難言。怎禁得許多胡纏。一會遮遮。綣意幽情暗已傳。

夢到好時節、被那花片兒掉下來呵、

【豆葉黄】他將人廝戀。緊靠着香肩。待趁這芳月韶年。待趁這芳月韶年。早遂我于飛之願。有千般繾綣。萬般軟綿。誰撒下一庭花片。誰撒下一庭花片。將好夢驚迴。我這人兒那邊。

瞇音迷
䁯音奚
這答兒壓黃
金釧偏本臨
川詞也予疑
云云亦不至
點金作鐵矣

【歎介】㕦、尋來尋去、那牡丹亭上、怎生這般淒涼冷落、杳無人跡、好不傷心也、

【玉交枝】這等淒涼地面。沒多半荒亭敗垣。好是我瞇䁯色眼尋難見。明放着白日青天。幾迴暗想遍夢前。是這答兒壓匾黃金釧。說甚麽無緣有緣。只記得梅邊柳邊。

【望介】呀無人之處、有大梅樹一株、梅子磊磊可愛、

【二犯幺令】果然是暗香清遠。傘兒般蓋的周全。

與下秀才上
海棠斷今人删

許他浪蝶狂蜂。敢近貞堅。一任寒風凍雪。偏增豔
姤。這一夢依然。怎到得羅浮洞天。
（歎介）這梅樹依依可人、我杜麗娘若死後得葬
于此幸矣、
（江兒水）須葬我梅根下。休教返故園。這花花草草
由人戀。生生死死隨人願。便酸酸楚楚無人怨。待
打併香魂一片。陰雨梅天。守得那人相見。
（倦坐介）（貼上）佳人拾翠春亭遠。侍女添香午院
淸。呀、小姐、那一處不尋到、如何獨自一個來此

原本有三曲今刪其二

[illegible]袞切

咍音台

後園坐在梅樹下打盹、

川撥棹你遊花院。怎靠着梅樹偃。旦一時間望眼連天。一時間望眼連天。忽忽地傷心自憐。合知怎生夢恍然。知怎生愁黯然。

貼小姐、回去罷、恐怕夫人請喫早膳 旦作行又止介、

意不盡 貼軟咍咍剛扶到雕闌畔。報堂上夫人早膳 旦我杜麗娘呵、折得個樓上花枝照獨眠。

貼小姐我看你精神十分恍惚、爲着何來、旦[illegible]

麗娘心事到底不能瞞侍兒故此落場詩最有做何用集唐句看本第十五折在畫春容後子謂麗娘之盡氣自知病必不起而後為此故夫人詰病宜在其先臨川何憒憒也

別人家七子團圓我一個女孩兒廝病

歎不語介

我有心中事　難共傍人說（下）

（貼）小姐你瞞我怎的

總是一心人　何用提防妾

第八折　詰病

（三登樂）（老旦上）今生怎生。偏只是紅顏薄命。眼見的孤苦伶仃。（泣介）掌上珠。心頭肉。淚珠兒暗傾天那。別人家七子團圓。我一個女孩兒廝病。

老身年將半百。單生一女麗娘。因何一病起倒

如此等句頗淺然必非吳人所能

懵音盲
憕拕燈切

半年、看他舉止容談不似風寒暑濕中間緣故、春香必知、只問他便了、春香賤才、那裏(貼上)春香叩頭(老旦)小姐閒常好好的、纔着你賤才伏事他不上半年、偏是害病、可惱可惱、我且問你小姐近日、茶飯多少

駐馬聽(貼)他茶飯何曾、所事休提叫懶應、看他嬌啼隱忍。笑譫迷廝。睡眼懵憕。(老旦)你該來稟我、請太醫看他纔是、(貼)小姐這病、怕不是太醫醫得的、便八法鍼難斷敝綿情。九還丹也醫不得攙懨。

一枕秋清偏生害的還是春前病句佳

〔老旦〕這是甚麽病〔貼〕春香不知到如今一枕秋清偏生害的還是春前病〔老旦惱介〕你這賤才小姐的病你不知誰知你還不從頭實說來我活活的打死你〔打介〕〔貼〕夫人休悶了手委實春香不知小姐害的甚病自那一日到後花園去遊翫回來便覺精神恍惚從此長吁短歎眠了又坐坐了又眠不茶不飯一日消瘦一日這便是病起根由此外別無緣故〔老旦驚介〕原來你這個賤才逗引小姐到後

夫人有二曲其一為打春香作也今刪

花園去這等一個冷落去處不知鬼也有多少裏面怎教少年女子獨自遊翫可不道着鬼了快請老爺商議貼請介老爺有請外便服上

後印嫌金帶重掌中珠怕玉盤輕夫人女兒病體若何老旦泣介

前腔說起心疼這病知他是怎生看他長眠短起似笑如啼有影無形原來女兒到後花園去回來著了這病怕腰身觸汗柳精靈虛囂側犯花神罡

貼合急與禳星怕流星趕月相刑迸

脉即脉字

【外】却原來我請陳齋長教書，要他拘束身心，你爲母親的，倒縱他閒遊。【老旦】如今要保全女兒性命，快請師巫與他禳解，是第一要緊的。【外】也只是些日炙風吹，傷寒流轉，便要禳解，不用師巫，但教紫陽宮石道婆，誦些經卷可矣。古云信巫不信醫，一不治也。我已請過陳齋長看他脉息去了。【老旦】看甚脉息，若早有了人家，敢沒這病。【外】咳，古者男子三十而娶，女子二十而嫁。女兒點點年紀，知道個什麽呢。

憨音酣

前腔忒恁憨生。一個哇兒甚七情。止不過往來潮熱。大小傷寒。急慢風驚。只是你為母的呵。真珠不放在掌中擎。因此嬌花不奈心頭病。老旦泣介合拜禱神明。斗邊兒是我全家命。

副淨扮院公丑捧冠帶上人來大庾嶺。船去鬱孤臺。禀老爺。有緊要使客到河下。舘驛安歇。舖程都已齊備。專候老爺面送。外穿冠帶上

尾聲我為官公事期無定。夫人好看惜女兒身命。少不的人向秋風病骨輕。

似霧濛花如雲漏月此語是詩餘中不複辨誰謂臨川非詞曲手也

〔同副淨丑下〕〔老旦貼吊場〕〔老旦〕無官一身輕。有子萬事足。我看老相公只為往來賓客。把女兒病多不瞅。好傷懷也〔泣介〕想起來。一邊叫石道姑禳解。一邊叫陳教授下藥。知他効驗如何。正是世間只有娘憐女。天下能無卜與醫〔貼〕隨老旦下

第九折　寫真

〔齊破陣〕〔旦上〕徑曲夢迴人杳。閨深珮冷魂銷。似霧濛花。如雲漏月。一點幽情動早〔貼上〕怕待尋芳迷翠。蝶倦起臨粧。聽伯勞。春歸紅袖招。

倩青去聲

還魂記　卷上　三十

〔醉桃源〕〔旦〕不經人事意相關。牡丹亭夢殘。〔貼〕斷腸春色在眉彎。倩誰臨遠山。小姐你自花園遊後。寢食悠悠。敢為春傷。頓成消瘦。全不似舊時模樣了。〔旦〕取鏡照驚介。哎。我往日豔冶輕盈。奄何一瘦至此。若不趁此時自行描畫。流在人間。一旦無常。誰知西蜀杜麗娘有此美貌乎。春香取素綃丹青。待我描畫。〔貼〕取絹筆上。〔旦〕三分春色描來易。一段傷心畫出難。絹幅丹青俱已齊備。〔旦〕描介

四塊玉見散套四時歡爲其中排唱所尚臨川何易視之而更以別子序尾犯鮑老催曲貫其首尾予刪之

鴈即普天樂也以下諸曲皆與本調不甚妙鄉聽僅一二字而已

四塊玉少年人如花貌。不多時憔悴了。不如他福分難銷。可喜的紅顏易老。論人間絕色偏不少。怎把風光丟抹早。打滅起欲火三焦。擺列着文房四寶。待畫出這春容。梅月雙標。

鴈過聲（貼）這生綃將鏡兒對着。筆花尖淡掃細描。（旦）幾廻顧影心評度。注櫻桃。染柳條。渲雲鬟。一似煙霧飄蕭。怕眉兒淺了。個中人全在秋波妙。（合）可可的遠春山鈿翠小。

傾杯序（貼）宜笑倚東風立細腰。又似被春愁攪。（旦）

謝半點江山。三分門戶。一種人才。小小行樂。撚青梅厮調。背湖山夢曉。垂楊風裊。（合）忒描條斜添幾葉翠芭蕉。

春香豎起來看可厮像麽（貼）豎畫介這春容與小姐無二畫的可愛人也

玉芙蓉（貼）丹青女易描。真色人難學。似空花水月。影兒相照。（旦合）情知畫到中間好。再有似生成別樣嬌。（貼）我看來則少個姐夫在身傍若是因緣早。把風流婿招。（合）少什麽美夫妻圖畫在碧雲高。

邈音莫　　幀音贈

旦春香我不瞞你花園遊玩之時咱也有個人兒貼驚介小姐怎的有這等方便旦是夢哩山桃犯有一個曾同笑待想像生描着再消詳邈入其中妙女孩家怕漏泄風情稿旦這春容呵似孤秋片月離雲嶠甚蟾宮貴客傍得青霄春香我前日夢見那個書生拈柳一枝贈我莫非他日所適之夫姓柳故有此警報偶成一詩暗藏春色題于幀首之上何如貼如此最好旦題咏介近覩分明似儼然遠觀自在若飛仙

凡唱尾聲末句崑人喜用低調獨海鹽多高揭之如此尾尤不可不用崑調也

原本第十七有診祟折今併入于後杜麗娘描畫春容隱几暫卧而陳教授來診脉故旦[illegible]有金末索

他年得傍蟾宮客。不是梅邊是柳邊。（放筆歎介）

（貼）小姐這春容藏在那裏、

尾聲（旦）儘香閨賞玩無人到。（貼）這春容則（介）掛巫山神廟（介）又怕爲雨爲雲飛去了。

（旦）我描畫這一會十分困倦春香多分我的病勢不好了（貼）小姐且自耐煩待我扶你將息將息（旦睡介末上）日下曬書嫌鳥跡。月中搗藥要蟾酥。我陳最良承杜老大人之命來診視小姐脈息到此後堂不免叫一聲春香賢弟有麽（貼見〔介〕是陳師父、小姐睡哩、〔末〕免驚動他、我自進去、〔見介〕小姐、〔旦〕作驚〔介〕是誰、〔貼〕陳師父哩、〔旦〕擡頭看〔介〕師父、我學生患病久失禮了、〔末〕呀小姐也不料你清減至此、似這般樣、幾時能勾起來讀書、早則端陽節哩、〔貼〕端節有你的、〔末〕我說端陽、難道要你節禮、小姐、我且問你病體爲何、〔貼〕師父問什麼、只因你講毛詩這病便是君子好逑上來的、〔末〕這般說病從毛詩起、還從毛詩醫小姐害了君子的病、這藥方就用史君子爲君、

摽梅去聲
陳教授下藥
多引毛詩或
以為諧謔甚
非末體不知
戲中然之用
末杖科白四
詩起病即按
詩定方此正
老學究事又
何疑焉

詩云既見君子、云胡不瘳、如今着史君子抽一
抽這病就好了、【貼】還有甚藥末、酸梅子十個、詩
云摽有梅、其實七兮、又說其實三兮、三個打七
個是十個、【貼】還有甚藥、【末】天南星三個、詩云三
星在天、此乃專[illegible]男女及時之病、[illegible]
【末】我看小姐一肚子火、你可抹淨馬子、[illegible]
待我用梔子仁當歸、瀉下他火來、[illegible]
方的、詩云之子于歸、言秣其馬、[illegible]
藥陳先生、【貼】笑介、倒做的個按月調[illegible]

明朝再看女顏回此元人評也
一曲句韻絕裊令啟[illegible]

【旦】師父不可執方、還是診脈爲穩。【末看脈介】
小姐脈息到這個分際了
【金落索】人才忒整齊。脈息恁微細。小小春閨。爲甚多憔悴。似這傷春怯夏肌。好扶持。到得秋來恐更悲。情栽簽髓鍼難入。病躲在烟花藥怎知。權廻避。明朝再看女顏回。【合】病中身怯怕爲疑。且將息千金軆。
【旦】師父、送不得你了、【末】小姐請自保重、只要守過中秋、自然一日好一日了、我如今回去、着人

第十六有石道姑道觀折全用一篇千字文尤可厭並刪

鬆音蕊　鬆音[illegible]

送藥來。正是當生止有八個字。起死曾無三世醫。〔副淨扮石道姑上〕不聞美玉吹簫去。又見嫦娥竊藥來。自家紫陽宫石道姑便是。俗家原不姓石。只因生爲石女。人皆稱爲石道姑。承杜老夫人呼喚。替小姐禳解。此間是他臥房門首。〔見貼介〕〔貼〕道姑爲何而來。〔副淨〕吾乃紫陽宫石道姑。承夫人命。替小姐禳解。不知害的甚病。〔貼〕鬆鬆病。〔副淨〕什麼[illegible]鬆病。〔貼〕爲後花園耍子害的來。〔副淨〕這等我[illegible]待了。〔見旦介〕小姐。道姑[illegible]

魅音昧　唸音店

首旦驚介那裏來的道姑副淨紫陽宮石道姑夫人有召替小姐保禳聞說小姐在後花園[illegible]魅我不信

前腔星星怎着迷設設渾如魅旦作驚介春香[illegible]那一個驚醒我的夢來貼沒人副淨聽他唸唸兇兇作的風風勢是了身邊帶得有個小符兒在此取旦釵掛符作兜介赫赫揚揚日出東方此符屏却惡夢辟除不祥急急如律令勑插釵介壓壓小篆符縈釵兒早起宵眠莫暫離甚依花附木廉纖

此落場詩選
勝集唐遠甚

鬼盡逃遁深藏不敢竊窺知是五雷正法有靈感。

合前

副淨小姐你也還要明白說個病源等我好寫踈頭替你禳解旦歎介教我說個甚的

副淨這場病症甚蹺蹊不是師婆道法低。

貼我家自有陳師父。怕道方書沒藥醫。

副淨春香姐你看小姐懶說懶話的敢是要睡我回紫陽宮再接一兩個女法師替小姐禳星去也同下

原本第十四有虜諜折第十八折則牝賊想花鈿也以分虜非所急故刪去而移牝賊于此數語扮之

第十折 牝賊

北點絳唇 丑扮李全引小生外淨雜扮僂儸上 世擾羶風家傳雜種刀兵動這賊英雄比不得穿牆洞

野馬千蹄合一羣驟[illegible]江海盡風塵漢兒學得胡兒語又替胡兒罵漢人自家李全是也本貫楚州人氏身有萬夫不當之勇南朝不用去而爲盜以五千人出沒江淮之間正無歸着[illegible]大金皇帝遙封我爲溜金王央我騷擾淮揚看

叅音晒

機進取奈我多勇少謀所喜妻子楊氏娘娘能
使一條梨花鎗萬人無敵夫妻上陣大有威風
只是娘娘有些喫醋但是擄的婦人都要送他
帳下便是軍士們都只畏懼他正是山妻獨霸
蜘吞象海賊封王蛇變龍
【番卜算】（貼扮楊婆持鎗上）百戰惹雌雄血映燕支
重（舞介）一枝鎗灑落花風點點梨花弄
（丑見跪介）（貼與手介）大王請起（丑）娘娘你可知
大金皇帝封我為溜金王（貼）怎麽叫做溜金王

闐娛去聲
鼕音通

【丑】溜者順也【貼】封你何事【丑】央我騷擾淮揚等處三年之後待我兵糧齊集一舉渡江滅了大宋那時還要封我爲帝哩【貼】有這等事恭喜借此號令一路買馬招軍大肆擄掠多少是好

六么令【貼】如雷喧闐颼颼門畫鼓鼕鼕喒尖兒飛過海雲東【轉介】【合】好男女坐當中淮揚草木都驚動淮揚草木都驚動

前腔【丑】聚糧收衆選高蹄戰馬青驄盔纓斜簇玉狨紅【合前】

豎的驚字

後第三十七有淮警新亦刪

原本有春香金籠鸚引先生今刪

貼 盌大中原扇大天。旌旗遙拂雁行偏。

丑 直教殺得淮揚地。不見人家只見煙。

唱令前轉下

第十一折　悼殤

鵲橋仙 旦作病上 拜月堂空。行雲徑擁。骨冷怕成秋夢。世間何物似情濃。整一片斷魂心痛。

枕函敲破漏聲殘。似醉如呆死不難。一段暗香迷夜雨。十分清瘦怯春寒。春香那裏。貼上 應介 來了。旦 春香我病境沉沉。不知今夕何夕。貼 八

本四曲今刪其一有不合調處俱改正

月半了〔旦〕哦、是中秋佳節、老爺奶奶、想都爲我愁煩、不去賞月〔貼〕是、老爺奶奶、都攢着眉哩〔旦〕前日陳師父把脈、說我要過中秋、怎麽病勢轉沉、今宵又好、你與我開窗一望、月色如何〔貼開牕旦望介〕

〔集賢賓〕海天孤月何處湧。望來玉杵秋空。憑誰竊藥把嫦娥奉。怕聽他風馬叮咚。更紙條牕縫攪破我一牀幽夢。〔貼合〕心自悲。漸覺的四肢難動。

〔前腔〕〔貼〕香閨繡閣誰受用。剪西風淚雨梧桐支楞生瘦骨加沉重。好青春憑恁忽忽。似神挑鬼弄。俏樣子等閒拋送。〔旦叫疼介〕〔合〕心自懂。知他是甚般疼痛。

〔旦睡倒介〕〔貼驚介〕小姐冷厥了。夫人快來。〔老旦慌上〕我的兒病體怎生了。〔旦作擡頭介〕〔老旦哭〕你把精神掙閣掙閣。〔旦〕母親多應欠好。〔老旦哭〕我的兒。

〔前腔〕不隄防你後園閒打哄。夢兒再不惺忪。枉了我一生餐下嬌香種。恨不呵早早乘龍。都是我自耽煩冗活害殺娟娟雛鳳。貼念心自懷這答裡把娘兒斷送。

旦 母親你女孩兒不幸作何處置 老旦 兒呵怎得奔你回去 旦 泣介

玉驚兒旅櫬夢冤遁。盼家山千萬重。老旦 便遠也要去 旦 是不是聽女孩兒一言這後園中一株梅樹兒心所愛但葬我梅樹之下可矣 老旦 這是怎的說 旦 做不得病嬋娟桂窟長生。分的粉骷髏梅花古洞 老旦 泣介 看他鬪懨懨淚濛冷。

予謂麗娘衷情有不得不語春香者殷川此曲得之

不如我先他一命歸丘壠。（合）恨蒼穹妬花風雨偏在月明中。（老旦）還去與爹爹講替你廣做道場也兒銀蟾慢搗君臣藥。紙馬重燒子母錢。（下）（旦）春香咱可有回生之日否（歎介）

【前腔】你生小事依從。我情中你意中。春香你小心奉事老爺奶奶（貼）這是當得的（旦）春香我記起一事來我那春容題詩在上外觀不雅葬我之後盛着紫檀匣兒藏在太湖石下（貼）小姐這是主何意

收處語佳

思。[旦]有心靈翰墨春容。倘值着那人知重。[貼]小姐寬心。只待你將息起來。稟過老爺。但是姓梅姓柳的郎君。招選一個。同生同死。可不美哉。[旦]歎介春香。這事只當做夢罷了。[貼]這病根怎攻。良醫怎逢。[旦]春香。我死後。常向靈位前。叫我一聲兒。[貼]他一星星說向須承奉。[合]前

[旦]昏介[貼]慌介不好了。老爺夫人快來。

憶多嬌 外行衣同老旦上 鼓三鼕。愁萬重。冷雨幽窗燈不紅。侍女傳言見病凶。[貼]接旦泣介我的小

起句事今調愚之結甚平率然爲後日還魂地非此等句不可尾聲十二板尚矣編此前二句止用底板蓋將亡之人聲氣不續故自異常耳

姐小姐〔外老旦同泣介〕我的兒阿、老運也偏窮。老運偏窮。誰與我爺娘送終。

〔旦作醒介〕〔外〕見快蘇醒、爹爹在此。〔旦一作撞頭看外介、

尾聲勸雙親莫爲我增悲痛。向堦邊上斷腸碑一統。爹爹、今夜中秋有月麽、〔外介〕我見月俺[illegible]有則是不明、〔旦歎介〕怎能勾月落重生花再紅。

〔旦泣介〕我今生不能勾奉事爹娘了、春香可扶我起來、拜謝爹娘則個、〔外老旦〕我的兒你是病好

及紅衲襖乃起伏此三昧也

四本直父障殤夫石錯則無謂故併香書毒之

快不要、旦作拜勢倒地貼急扶起外老旦作哭

倒介我的兒啊

紅衲襖每日繞娘身有一百十遭幾見他向人前輕

一笑。貼上扶起介老旦云背熟的班姬四戒從頭學。

不要得孟母三遷把氣惱只恐他軟苗條忒恁嬌。

誰料他病淹煎真不好。哭介從今後誰把親生娘

叫也一寸肝腸做了百寸焦。

前腔外哭介不是你坐抓辰把子病囂多只是我

坐公堂冤業報。怎如得老倉公多女好。撞不着賽

還魂記 卷上

盧醫把藥調。天那、便做大家緣何處消。現放小門楣生拆倒。夫人、至如你哭的寸腸千斷。也只怕望帝魂歸不可招。

〔淨扮院公上〕人間舊恨驚鴉去。天上新恩喜鵲來。稟老爺、外邊送朝報的。報老爺高陞。〔外看報介〕吏部一本。奉聖旨。金寇南窺。南安知府杜寶、可陞安撫使。鎮守淮揚。即日起程。不得違悞。欽此。〔歎介〕夫人、朝旨催人北往。女喪不便西歸。院子。傳出去。快請陳秀才和石道姑同來。有話講。

此時由那得上夫打鬧鑼刪之

〔淨〕理會的〔末同副淨上〕彭殤真一壑，弔賀每同堂。見介〔外〕陳先生，小女長謝你了。〔末哭介〕苦傷小姐仙逝，陳最良西顧無門，所喜老大人喬遷，只是陳最良一貧失所。〔做哭介〕〔外〕陳先生有事商量，老夫奉旨，不得久停，因小女遺言，就葬後園梅樹之下，又恐不便後官居住，如今分付割取後園，起座梅花庵觀，安置小女神位，就着這石道姑焚修看守。那道姑可應承的來？〔副淨跪介〕道姑只好向小姐神位添香換水，往來照管。

此尾煞是句

還要一人、老旦就煩陳先生為便、末老大人有命、情願效勞。老旦老爺須置些祭田纔好、外有漏澤院二頃虛田、撥資香火、末這漏澤院田就漏在生員身上、副淨這田捨在庵裏的、你是陳絕糧、漏不到你、外不消爭、陳先生收撥、

意不盡外老旦這墳塋三尺還誰保、向末打恭老夫妻一言相靠、記取寒食清明一碗飯兒澆。

外憶汝悠悠十八年、斷腸形影淚依然

老旦可憐埋沒梅花下、雖有春魂泣杜鵑。

（末副淨）老爺事忙敬告辭了（外拱副淨）重煩了陳最良和石道姑且退（下）（外）院公本府陞任事急即日要去辭各上司夫人又要回去急切不得工夫小姐理葬事務要你與道姑用心中間不要使人有半點遺恨（淨）理會的（外老旦下）（貼）取春容上院公還有一件要緊事小姐在日自家畫得一軸春容惜老爺奶奶知道將在紫檀匣內那後園牡丹亭畔有座太湖石是小姐心愛的去處他說身死之後要將這紫檀匣兒埋

巢鋤交切

在太湖石下你須要埋的深上不要着雨下不要着泥土朽爛了他所授淨執介淨我曉得包你藏的停當同下

第十二折 旅寄

揭練子生傘袱病容上人出路鳥離巢攪天風雪夢外騷這幾日精神寒凍倒

杳山嶼裏打包來三水船兒到岸開要寄鄉心值寒歲嶺南南上半枝梅我衙夢梅一貧無賴棄家遠遊幸遇識寶使臣頗蕊如故將衙門常

鳶音元　雹音薄　枵音梟

儘枯楊命一條滑喇沙跌一交句亦自當行

例銀兩、助我行裝、過得嶺來、早是暮冬、不隄防嶺北風嚴、感了個寒疾、又無掃興而回之理、一天風雪、望見南安、好苦楚人也、(行介)

【山坡羊】樹槎牙。餓鳶驚叫。嶺迢遙。病魂孤弔。破傘見雹打風篩。這單衣、怎禁得寒威峭。腹又枵、如何能打熬。急忙忙趲路不□□到。又過流水危橋。怎生渡却。好了、有一枝柳樹、扶將過去、(扶柳過介)漂搖。儘枯楊命一條。蹊蹺。(跌介)滑喇沙跌一交。

【步步嬌】(末上)我是臥雲先生、沒煩惱。背上驢兒笑。

前步步嬌曲以生跌水不便又眠地上須緊半板至風入松另起調纔得斷法

心知第五橋那裏開年有齋村學。【生】吽哎喲介【末】忽聽的人怨語聲高。【看介】原來破瓦窰、明下箇精寒料。【生】救人救人、【末】我陳最良爲求館衝寒到此地彩頭恰遇着落水之人、且由他去、【生】又叫救人、【末】聽說救人那裏不是積福處、俺試問他、【問介】你是什麼人、生我是讀書之人、【末】委是讀書之人、待我扶起他來、【末扶生介】【末】請問何方至此、

風入松【生】五羊城一葉過南韶。柳夢梅獻寶中朝。

[illegible]此等曲亦多舛錯是生不能唱之故

[illegible]音卷

梁字音耀

（末）有何寶貨（生）孤身纔出南安道。客衣單。侵寒病了。沒揣的途逢斷橋。險跌折柳郎腰。（末）你自揣穩中的。方可受這等辛苦（生）不瞞說小生是個擎天柱架海梁（末笑介）却怎生凍折了擎天柱。扑倒了紫金梁。老夫頗諳醫理。這邊近有座梅花觀。權且將息度歲而行。

前腔尾生般抱柱正題橋。甚高車駟馬相邀。草包見似我堪調藥。暫將息梅花觀好。（生）此去多遠（末指介）看一樹雲垂垂如笑。牆直上繡旛搖。

（生）這等、望先生引進、

（生）與君相見即相親。暫向茅庵托此身。

（末）雖然前路無知己。猶喜他鄉有故人。

第十三折 冥判

北點絳脣 淨扮判官、引丑扮鬼持筆簿、後副淨扮夜叉上 十地宣差。一天封拜。閻浮界陽世栽埋。又把俺這門桯邁。

自家十地閻羅王殿下、一個判官是也。原有十位殿下、因陽世趙大郎家、與金韃子爭占江山

秦平辟 臨川傳奇好為傷世之語亦如今士子作舉業往往入時事此臨川太病而世人反用稱賞始知高山流水之調難逢識者

損折衆生，十停去了一停，因此上帝照見人民稀少，欽奉裁減事例，九州九个殿下，減了俺十殿下之位，印無歸着，上帝道我正直聰明，着權管十地獄印信，今日到任，鬼卒夜叉何在。（丑）捧筆介 新官上任，都要這筆判刑名，押花字，請判爺喝采他一番（淨看介）

【混江龍】這筆架在落迦山外。肉蓮華高聳案前排。捧的是功曹令史。識字當該。（丑）這是筆管（淨看介）筆管兒，是手想骨，腳想骨，竹筒般剉的圓滴溜（丑）

此曲在北調元無定句然太長則厭人故為刪其煩凡著下後庭花曲亦然

祇音去

這是筆毫（淨）筆毫呵是牛頭髮夜叉鬆鐵絲兒揉定赤支䫶（丑）判爺喜哩（淨）喜時節奈河橋題筆兒耍去（丑）踢跎（淨）踢時節鬼門關投筆歸來（丑）判爺可曾上榜來（淨）俺也曾考神祇朔望旦名題天榜（丑）可曾會書來（淨）俺也曾攝星辰井鬼宿文會書齋（丑）判爺可讓誰哩（淨）便八寶臺扇捧手讓大菩薩獨登坐位（丑）惱誰哩（淨）怎三尺土低氣煞和小鬼卒對立基階（丑）判爺的紗帽可也古氣（淨）但站脚一管筆一本簿塵泥軒冕（丑）這筆乾了（淨）要濯

筭十錠金十貫鈔紙陌錢夫【丑】點鬼簿在此【淨】待

點上格子眼串出四萬八千三界有漏各鳥星砲

粲早按下筆尖頭插入一百四十二重無間獄鐵

樹花開臉婁搜風鬢颯颯眉剔豎　上崖崖

得中書鬼考錄事神差比着陽世那金州判銀府

判銅司判鐵院判白虎臨官惡森森一樣價號令

似雷轟實則俺陰府裏注濕生濕化生准胎生照

卵生青蠅報赦另巍巍十分的功德如天大威凜

凜人間掌命雄糾糾世上消災

原本男犯皆上為劣不如只用鬼簿定罪為得

叫掌案的、這簿上開除、都也要包還有幾宗人
犯、應該發落、（丑）判爺、向因缺了殿下、地獄空虛
三年、則有枉死城中輕罪男子四名、叫做趙大、
錢十五、孫心兒、李猴兒、女囚一名杜麗娘、未經
發落、（淨）看簿介、待俺先將男犯四名勘罪、那趙
大平生、喜唱曲兒、罰他做黃鶯兒去、（丑）應介（淨）
錢十五、要住香泥房子、准燕、受用做個燕
子去、（丑）應介（淨）孫心兒、愛使花粉錢、罰做個蝴
蝶兒、（丑）應介（淨）李猴兒、好男風、罰令地獄裏還

[illegible]
[illegible]

勾搭那小孫兒這等可惡罰做蚕蜂兒等他屁股上長拖一個鍼兒現報他眼裏（丑應介）

【油葫蘆】（淨）蝴蝶呵你粉版花衣勝剪裁蜂兒呵你忒利害甜口兒咂着細腰兒揣燕兒呵刷香泥弄影鉤簾外鶯兒呵溜笙歌驚夢紗窻側怕只怕彈珠兒打的呆苦則苦扇稍兒撲的壞雖然是花間四友無拘礙則教他翅䎃兒展將春色鬧場來

（淨做向鬼門央聲介）帶女犯過來（夜叉帶旦上）女因當面（淨擡頭看介）這女鬼倒有幾分顏色

天下樂那吒令二曲即元人無以加之予謂臨川為劇非詞若出其手今臨川已矣恨不及面告評騭也

色叶篩上聲

【天下樂】猛見了蕩地驚天女俊才。他來那裏來。（旦叫苦介）（淨）血盆中叫苦觀自在。（丑）判爺、權收他做個後房夫人罷。（淨）唗、有天條、擅用囚婦者斬。則你那小鬼頭口亂開。俺判官頭何處買。（旦叫苦介）（判）官老爺可憐見。（淨）世不曾見這粉油頭忒弄色。叫那女囚上來。

【那吒令】瞧了你汗津津粉腮。到花臺酒臺。溜些些短釵。上歌臺舞臺。笑微微美懷。住秦臺楚臺。因甚的病患來。是誰家嫡枝派。這顏色不似在泉臺。

宛於卷切

[旦]女犯不曾適人家亦不曾飲酒、是這般顏色、則因在南安府後花園梅樹下、夢見一秀才、折柳一枝、要奴與之留連婉轉、甚是多情、夢醒沉吟、題詩一首、他年得傍蟾宮客。不在梅邊在柳邊。為此感傷、壞了一命、[淨]世間那有一夢而亡之理、敢是說謊、

鵲踏枝 你這女嬰孩。在衙齋。又不會利名來。那掛個圓夢招牌。只問你那秀才如今何在。被誰人把好事驚開。

鮮芳慢切

旦 不曾見誰只見一朵花辦兒閃下來吃了一
驚 淨 這等鬼卒與我喚取南安府後園花神勘
問 丑喚花神介 副淨扮花神上 紅雨數番春落
魄。山香一曲女消魂。老判大人請了 舉手介 淨
花神這女鬼說是後花園夢爲花飛驚閃而亡
可是麽 副淨 是也他與秀才夢的綿纏偶爾落
花驚醒這女子慕色而亡 淨 敢就是你花神假
充秀才迷殺人家女子 副淨 小聖怎敢 淨 你說
俺陰司裏不知道麽

△叶山崖去聲

二叶巴埋切

從庭花但尋常春自在。恁司花忒弄乖。眨眼兒偷元氣艷樓臺。克惜了費春工淹酒債。恰好是九分態。做十分顏色。數着你那胡天的花色兒來。副淨便數來、碧桃花、淨惹天台。副淨紅梨花、淨扇妖恠。副淨金錢花、淨下得財。副淨繡毬花、淨結得綵。副淨芍藥花、淨趣味諧。副淨木筆花、淨心事白。副淨水菱花、淨宜鏡臺。副淨玉簪花、淨堪插戴。副淨薔薇花、淨露渲腮。副淨臘梅花、淨春點額。副淨剪春花、淨羅袂裁。副淨水仙花、淨綾襪踹。副淨燈籠花

上聲

淨紅影篩。副淨酴醾花。淨沉醉解。副淨合歡花。淨頭懶擡。副淨楊柳花。淨腰任擺。副淨含笑花。淨情要來。副淨紅葵花。淨日可愛。副淨女蘿花。淨纏的歪。副淨紫薇花。淨養的緊。副淨宜男花。淨人美懷。副淨柰子花。淨損着奶。副淨枳殼花。淨好處揣。副淨海棠花。淨春困怠。副淨水紅花。淨了不開。副淨瑞香花。淨誰要採。幾樁兒你自猜。把天公無計策。副淨小聖查他陽數也。送本該命絕。淨你為甚麼他陽數尚未該。怎剗地。小川壺把杜鵑花魂魄灑

寄生草久第一令刪

（副淨）這花色花樣、都是天公定[illegible]
過遵奉欽依、豈有故意勾人之理、老[illegible]
看古今女色、那一個是玩花而亡的（淨）你[illegible]
來女色沒有玩花而亡、我說幾個與你聽着、[illegible]
（寄生草）花把青春賣。花生錦繡災。有一個夜舒蓮。
扯不住留仙帶。有一個海棠絲。剪不斷香囊怪。有
一個瑞香風。趕不上非煙態。你道花容那個玩花
亡。可不道你這花神罪業隨花敗。
（副淨）花神知罪、今後再不開花了、（淨）花神、俺這

眞判亦看杜老先生分上若再多燒紙錢麗娘且生天矣

裏巴發落過花間四友、付你收管這女囚慕色而亡也、貶他到鶯燕隊裏去罷、（副淨）此女犯他父親爲官清正、單生一女、可容他再轉陽間去（淨）父親是何人、（副淨）他父親杜寶知府、今陞淮揚總制之職、（淨）千金小姐哩、也罷、杜老先生分上、當奏過天庭、再行議處、（旦）就煩判官老爺替女犯查查、怎生有此傷感之事、（淨）這事情註在斷腸簿上、（旦）勞再查女犯的丈夫、還是姓柳姓梅、（淨）再取婚姻簿查來、（作查介）（背介）是有個柳

上望鄉臺一轉白不可少

夢梅乃新科狀元妻杜麗娘前係幽歡後成明配相會在梅花觀中不可泄漏(回介)果有此人和你是姻緣之分我今放你出了枉死城隨風遊戲跟尋此人去(副淨)杜小姐便可拜謝了恩判(旦叩頭介)謝判官老爺重生父母則俺那爹娘在揚州可能勾一見(淨)花神你可引他上望鄉臺一觀(旦隨副淨登臺望揚州哭介)那是揚州俺那爹爹奶奶呵(淨)兀那女犯你只要尋訪得夢中之人你爹娘怕沒重會日子鬼卒分付

衆旦與花神先下是做法

功曹給他一紙遊魂路引放出枉死城去（丑應
介）（淨）花神你從今已後好生護他的肉身不可
敗壞（副淨）領旨（旦）多謝判官老爺花神引旦下
（淨笑介）（丑問介）判爺笑甚麼
（賺尾）（淨）俺笑他欲火近乾柴權留這青山在不可
被雨打風吹日曬則許他傍月依星將天地拜好
還魂擗脫了牢獄勾牌他本是女裙釵活免的投壁
胎須不比四友花間次第排敍鶯窺燕猜倩蜂媒
蝶採直守的破棺星入夢那人來（下）

本有第二三拾畫折今刪此折生用詩上今增一落索引子

第十四折 玩真

一落索〔生持畫上〕無奈客居何。怎打愁城破。放[illegible]

打阿欠〔介〕知他何處夢兒多。每日價欠伸千個。

芭蕉葉上雨難留。芍藥梢頭風欲收。畫意無明

偏着眼。春光有路暗擡頭。小生臥病梅花觀中、

幸得陳友知醫、調治痊可、不道姑見我悶坐不

過、教我花園亭上消遣、偶見湖山石畔、露出紫

檀小匣、被我推倒峯石、取匣開看、卻是一軸畫

兒、一定是觀音喜相、風雨淹句、未能展視、且喜

二郎神慢此是幽閨記拜新月臨川以黃鶯兒為首篇詩矣原本全不叶調今改正蠟娘[illegible]轉成丹[illegible]悅之

今日晴和、瞻禮一會、掛畫介
二郎神慢還誰個畫大士真身在普陀。偏遇着南海人來禮拜他。做看介、既是觀音怎不上蓮華寶座。再看介不是觀音、敢是嫦娥、若是嫦娥能嬝娜也須托祥雲半朶。却因何並不見廣寒宮闕桂影婆娑。
再看介呀、原來是一軸仕女圖、待我瞧是畫工臨的、還是美人自手描的、
鶯啼序上番來覆去細玩過。近川青何處嬌娥。似恁

脆叶音要　躲叶多上聲　抹叶摩去聲

般一個人兒早見了百花低躲縱天然意態難摸
敢自巳能描會脆難定奪直畫得娉婷倭妥
且住細觀這幀首之上有小字數行（看介）呀原
来絕句一首（念介）近覩分明似儼然遠觀自在
若飛仙他年得傍蟾宮客不在梅邊在柳邊呀
此乃人間女子行樂圖也何言不在梅邊在柳
邊奇哉奇哉
（集賢賓）香閨繡閣深自鎖怎生個梅柳情多奈梅
顆迢迢天一抹逗春情兩下蹉跎端詳停和我名

休笑我敢則是夢魂中真箇此情至語也

此下有鶯啼序二首今刪

姓怎先題破。休笑我。敢只是夢魂中真箇。
（再看介）你看美人這雙眼好不回盼小生、
【黃鶯兒】空影落纖蛾。動春蕉。散綺羅。春心只在眉
間鎖。春山翠拖。春煙淡和。相看四目誰輕可。這横
波來迴顧影。不住的眼兒睃。
小娘子畫似崔徽、詩如蘇蕙、行書逼眞衛夫人
小子雖則典雅、怎到得這小娘子。（再看介）却怎
麼把半枝青梅在手、活似提掇小生一般、不免
步韻和他一首、（題介）丹青妙處却天然。不是天

仙鄉地仙。欲傍蟾宮人近遠。恰些些春在柳梅邊。

顯南柳夢梅作、

【簇御林】他把梅偷撚詩細哦。不曾情待怎麼。待小生狠狠叫他幾聲。美人、美人、姐姐、姐姐、怪真真怎不哀憐我。叫的你噴嚏似天花唾。動夌波盈盈欲下。不見影兒那。

我今孤單在此、少不得將小娘子畫像早晚玩之、拜之、叫之、贊之、

【尾聲】拾得個人兒先慶賀。敢柳和梅有些些瓜葛。姐

此下有小道姑[illegible]全刪

姐姐姐、則被你有影無形奈若何。

雲想衣裳花想容。含顰不語意無窮。

休言仕女圖中見。會向高唐夢裏逢。

第十五折　魂遊

掛真兒　副淨石道姑上、臺殿重重春色上。碧雕闌映帶銀塘。撲地香騰。歸天磬響。細展度人經藏。

我石道姑、看守杜小姐墳庵、早是三年之上、擇取吉日、替他開設道場、超生玉界、不免向南斗注生真妃、東岳受生夫人殿下、拈香則個、內[illegible]

原本二曲今併爲一願你肌骨涼魂魄香不但句佳亦且耐唱

折殘梅供養[illegible]且與前花神色相應

鐘鼓、拈香拜介

孝順歌鎖新火點妙香虔誠爲因杜麗娘香靈緬旛幢笙歌好風颺小姐你凡心未降待折一朶殘梅淨瓶供養又怕有水無根尚作餘香想願你肌骨涼蒐蒐香若是肯回陽再住梅花帳

想起小姐生前愛梅花今日折得殘梅一枝安在淨瓶供養内風介奇怪冷颼颼一陣旋風吹的我寒毛直竪起來内鳴鍾介這晚齋時分且吃了齋收拾道場正是曉鏡拋殘無定色

漢音盛
此出佳而怨
無一字不恐[illegible]

晚鐘敲斷步虛聲。（下）

【水紅花】小牛兒扮小鬼、引嵬旦一帕蓋垂手上、旦副下得望鄉臺。如夢俏魂靈。夜熒熒。墓門人靜。內犬吠、旦驚介原來是賺花陰。小犬吠春星。冷冥冥。梨花春影。呀、轉過牡丹亭、芍藥闌、都荒廢盡了、[illegible]、[illegible]傷感煞斷垣荒逕。望中何處也鬼燈青。聽介兀的有人聲也囉。

奴家杜麗娘、只為癡情慕色而亡、[illegible][illegible][illegible][illegible]年喜遇[illegible][illegible][illegible][illegible]陽壽未終、與夢中[illegible][illegible][illegible]

上以帕蒙上令解授中以便綁會此是

[illegible]出元詩俗好之作

前係幽歡後成明配給一紙遊魂路引此[illegible][illegible]枉死城隨風遊戲來到人間不免再向後花園走一遭小鬼哥你且迴避者鬼揭帕下

小桃紅魂旦似斷腸人和夢醉初醒誰償咱殘生命也雖則是鬼叢中姊妹不同行向花前偷整佩環輕等待得露沉河月勾星斗這是我魂遊境也又早則花影初更內作風吹丁冬聲旦驚介忽地凄風緊教人暗驚原來是殿角鈴兒不住冬丁

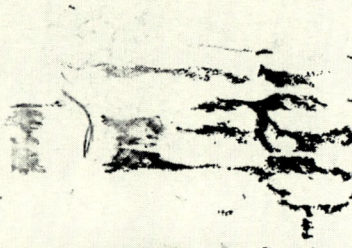

坼音策　圖通蒙切

下山虎我則見香煙隱隱。燈火熒熒。呀、鋪了些些雲霞幡。不由人打個讚揚。是那位神靈原來是東嶽夫人、南斗真妃、作稽首介懸懸地投明証明。好替我超生注生。再看這青詞上、原來就是石道姑在此住持、一壇齋意、度我生天。道姑道姑、我可也生受你、再聽這淨瓶中、咳便是我那冢上的殘梅哩、梅花呵、則我杜麗娘半開而謝、只為這斷鼓零鐘金字經。打醒我黃粱境。向地坼裏梅根迸幾程。透出些些兒影。鑒他志誠。泣介、道姑、難得你這般供養

一點香消萬點情自是佳

不合調 正

若不留些蹤影怎曉的我鑒知他就將梅花散在經臺之上（散花介）抵甚麼一點香銷萬點情。

想起爹娘何在、春香何處呀、那邊有沉吟叫喚之聲、聽怎的來（內叫介）我的姐姐呵、我的美人呵（旦驚介）誰叫誰叫、（再聽、內又叫介）（旦歎介）

【醉歸遲】死和生真薄命。有情人叫情人應怎叫不出情人名姓。孤魂獨趁。只聽得叫喚分明沒朝昏。無倒斷。再叮嚀。（內又叫介）（旦）敢那邊甚麼書生。睡夢裏語言胡哩。道其間不由我無情有情奏着

你叫的人一聲兩聲我待要與你結澂盟怕不是
夢裏人見梅卿柳卿只記得花亭水亭那道風
丹青那些個鬼窗前猛聆上三星四星
咳本待即行尋趁奈斗轉參横不敢久停
尾聲春燈閃閃光無定內叫介殿上響動哩副
向古門上望介又作風起介旦一笑見綉幡飄迎
只這幾點落梅風是杜麗娘身後影
旦作鬼聲上副淨撞旦再轉介……倒
哎呦方纔看見明明是杜殿

家三上聲

此折本在遊魂前今改于後為旦上場太數也原本夫人與春香各一引子今併上為便

他陰靈活現、做看介呀、你看經臺之上、亂糝糝花、奇異奇異、內打風哨、副淨慌介敢是鬼魂、又來了、太上老君、急急如律令勅、

莫道無神也有神。分明活現麗娘身。
假饒年少如窺見。怕不相思愁斷魂。

第十六折 貞女

玩仙燈老旦貼同上地老天昏沒處把老娘安頓。思量起舉目無親。招魂有盡。哭介我的麗娘兒呵在天涯老命難存。割斷的肝腸寸寸。

復音墨

春香自從小姐亡後我皮骨空存肝腸痛盡但見他讀殘書本繡罷花枝斷粉零香餘簪棄履觸處無非淚眼見之總是傷心筭來一去三年又是生辰之日我分付安排香燭茶飯可曾齊備麽［貼］齊備多時了請夫人就此澆奠［老旦拜介］［集唐］微香冉冉淚涓涓酒滴香灰似去年四尺孤墳何處是南方歸去再生天杜安撫之妻甄氏敬爲亡女生辰頂禮佛爺願得杜麗娘皈依佛力早早生天［起介］春香禱告了佛爺不免

塡曲家便端說人其中如生割開娘兒直恁忍陰風幾陣燈影昏用字皆拗而歌喉轉折執之正與調合若尋常仄平平仄仄平、体使不韻矣臨川從来當未解此氣乘盈切叫一聲小姐、何曾聞其得一聲應

將這茶飯澆奠小姐一番、

香羅帶麗娘一片魂。叫天怎聞。生割開我娘兒直恁忍。幾回夢裏乍相親。也使我驚跳起猛回身。只見陰風幾陣燈影昏。想殺我那嬌兒也。拋下的萬里煢煢白髮親。

前腔貼拜介名香叩玉真。精靈尚存。疑歸楚臺爲曉雲。起介小姐歸去之時、分付我、長叫喚一聲、令叫他幾聲、小姐小姐叫一聲聲小姐。小姐可曾聞也。哭介合想起那情切那傷神。怎忍見夫人堂上

泣絳襦。小姐小姐、願得早離冥途也。向金屋重生
何處身。
〔老旦哭介〕〔貼跪介〕老夫人不須哀毀、且自保重、
與老相公同享富貴、〔老旦〕春香、你可知老相公
年來因乏子嗣、常有娶小之意、止因小姐承歡
膝下、百事因循、如今小姐喪亡、家門無托、我與
老相公悶懷相對、何以為情、〔貼〕依夫人所言、既
然老相公有娶小之意、不如順他、收下一房、生
子為便、〔老旦〕春香、你見人家庶出之子、可如親

艬音攙

暫音去聲

生貼春香但蒙夫人收養尚且非親是親夫人

肯將席出看承豈不無子有子老旦好請好請

老旦三載思兒淚　臨風空自彈

貼可憐一杯酒　不到九泉間

第十七折　幽媾

夜行船生暫下天仙何處也影空濛似月籠沙有

恨徘徊無言窨約早是夕陽西下

一片紅雲下太清如花巧笑玉娉婷憑誰畫出

生香面對我偏含不語情小生自拾春容日夕

原本有香遍滿九曲皆刪存者止懶畫眉而已

想念這更深時節。破些工夫。吟其珠玉。玩其精神。倘然夢裏相親。也當春風一度。展畫玩介呀。你看美人呵。神含欲語。眼注微波。只被你想殺我也。

【懶畫眉】輕輕怯怯女嬌娃。楚楚臻臻是大家。想他春心無那對菱花。含情自把春容畫。可道拾翠人兒逗着他。

怎麼叫了一會。神思昏倦。却待要睡來。做睡介

（魂旦上）泉下長眠夢不成。一生餘得許多情。魂

隨月下丹青引。人在風前歎息聲。妾身杜麗娘
遊魂。觀中幾晚。聽得東房之内、一個書生、高聲
低叫我的姐姐、我的美人、那聲音哀楚、動我心
魂、悄然驀入他房中。只見高掛起一軸小畫、原
來就是奴家遺下春容。後面和詩一首、觀其名
字、則嶺南柳夢梅也。梅邊柳邊、豈非前定乎、因
而告過了冥判、趁此良宵、完其前夢、早已到他
房門了。〔生睡中念詩介〕他年若傍蟾宮客。不是
梅邊是柳邊。我的姐姐呵、我的美人呵。〔旦聽介〕

此上有朝天子二曲亦改竄盡屬以從俗調

蔣生在塲要用玩仙燈

（介）

【前腔】是誰叫喚淚如麻。把我詩句賡來不較差。（生又叫介）（旦）他原來睡中作念猶嗟呀。待敲彈翠竹窗櫳下。（生驚醒介）姐姐。你來了。（旦）元來是一個夢。

（旦做意介）試展香魂去近他。

（旦叩門介）（生）呀。戶外敲竹之聲。是風。是人。（旦）是人。（生）這咱時節有人。敢是石道姑送茶來。免勞。（旦）不是。（生）再有誰待我啓戶而看。（生開門看）（旦作笑閃入）（生急掩門）（旦斂袵見介）秀才萬福

臨川原紅衲
襖古調多詣
合著

自則是走臨
邛道數差劉
郎沽宗

王東

所事幾家皆
佳句也

生小娘子到來敢問尊前何處因何夜至此

旦秀才請猜來

紅衲襖生莫不是莽張騫犯了星漢槎莫不是小梁清夜走天曹罰旦搖頭介不是生是誰家彩鳳暗隨鴉敢甚處裏綠楊曾繫馬旦也不是生笑介若不是去認陶潛眼挫花敢只是走臨邛道數差旦倒也不差生想是借燈歘可是你夜行無燭也待要紅袖分燈向碧紗

前腔旦秀才不須不為度仙香空散花也不為讀書

原本有宜春
令二曲以下
鮑老催不便
擅刪故用滴

燈閒借蠟。我不似趙飛卿舊有瑕。也不似卓文君新守寡。你也曾隨蝶夢迷花下。（生想介）是當初曾夢見來。（旦）我因此上弄鶯簧赴柳衙。（生）小娘子家住郡裏。（旦）若問我粧臺何處也。剛只在宋玉東鄰第幾家。（生想介）是了。曾後花園轉西。夕陽時節。看見小娘子走動哩。（旦）便是。（生）敢問小娘子。是甚麼樣人家。

滴溜子（旦）我家世。從來詩書門閥。（生）宅上還有何

[illegible]之其唱法須照琵琶記漫說道姻緣果諧鳳卜勿作尋常印本字樣切

人〔旦〕無兄弟只有伶仃爹媽〔生〕小娘子青春多少了〔旦〕念妾正青春二八〔生〕看小娘子這般人物必歸富豪之家〔旦〕有甚心情戀富華單只是貪君俊雅待剪燭臨風綠窗閒話

〔生背云〕奇哉奇哉人間有此艷色夜半無故而遇明月之珠豈不僥倖〔回介〕小娘子夤夜下顧小生敢是夢也〔旦笑介〕不是夢當真哩還怕秀才不肯容納〔生〕只怕不真果然美人見愛小生喜出望外何敢卻乎〔旦〕這等真個盼着你了

察叶抽鮓切　發叶強發切　答叶音打　榻叶音打　夜叶耶駕切　霎叶雙鮓切　二曲音調皆不叶故改竄若多詞中有說不出些些兒話無端拾得丹青畫便下得虧他也

鮑老催〔旦〕我全然未嫁。贈君半幅香羅帕。就中春色須詳察。如花蕊被風吹連夜發。牡丹亭上嬌恰恰。湖山石畔羞答答。說不出些些兒話。

滴滴金〔生〕無端拾得丹青畫。尚兀自焚香祝讚。謝仙娥驀地臨書榻。甚情由。甚緣法。千金良夜把豔軟香嬌恣意耍。恣意耍。便下得虧他也只半霎。

〔旦〕千金之軀。一旦付與足下。勿負奴心。〔生笑介〕賢卿有心戀于小生。小生豈敢忘于賢卿乎。〔旦〕還有一言。未至雞鳴。放奴回去。秀才休送。以

[illegible]再後有[illegible]二十八旁[illegible]折第二十[illegible]充象鏡折並[illegible]

猜疑、(生)這都領命、只問小娘子貴姓芳名
意不盡。(旦)歎介、不通名姓君休訝。待說時惟怕惹得
風聲大。(生)、以後准望賢卿、逐夜而來。(旦)秀才且和
你點勘春風第一花。

第十八折　繕備

(番卜算)末扮文官、淨扮武官上、邊海一邊江。隔不
斷胡塵漲。維揚新築兩城牆。釃酒臨江上。
安撫杜老大人、爲因李全騷擾地方、加築外羅
城一座、今日落成開宴、揚州文武官員在此俟

候杜老大人早到。〔外引小生丑副淨老旦扮軍校上〕

〔前腔〕三千客兩行。百二關重壯。〔文武官打躬迎介〕〔外〕維揚風景世無雙。直上層樓望。〔見介〕〔外〕氛祲茫茫正未平。諸公何以答承平。〔衆〕天借金山為底柱。身當鐵甕作長城。〔外〕揚州表裏重城。不日成就。皆文武諸公士民之力也。〔衆跪介〕此皆老大人遠略奇謀。屬官竊在下風。敢獻一杯。效古人城隅之宴。〔外〕正好。且向新樓一

[illegible]

此折文詞頗諧，直點竄數字，殊爾可聽

望、（望介）壯哉城也、壯哉城也、眞乃江北無雙、

淮南第一樓、（衆進酒介）

（山花子）（末）賀層城頓插雲霄、撒雉飛騰映壓寒江。（淨）據表裏山河一方。控長淮萬里金湯。（衆合）敵樓高窺臨女牆。當風灑酒旌旆揚。瓊花昔年吹暗香。幾點新亭。無限滄桑。

（外）前面高起、如霜似雪、四五千堆、是何山也。（衆）都是商人各場所積之鹽。（外）原來如此、且喜兵糧取足於此、

（前腔）銀山雪障連天晃。海煎成夏草秋糧。平看取
鹽花竈場。儘支排中納邊商。（合前）
舞霓裳（末淨合）文武官寮立邊疆。立邊疆。內外城
牆重隄防。重隄防。（外合）金家早晚來無狀。況今全
賊衆頗強梁。聽邊聲。風沙迭蕩。猛驚見蟠花戰袍
舊邊將。
紅繡鞋（衆合）吉日祭賽城隍。城隍。歸神謝土安康。
安康。祭旗纛。犒軍裝。陣頭上。誰抵當。箭眼裏好遮
藏。

還魂記

此折宜魂旦先上緣意來生情緣故致生由乎後

還魂記卷下

第十九折 冥誓

月雲高旦孤神害怯，鐘聲報初夜。驚介只道是人行影，原來是雲偷月。到介這是書舍了，呀，柳郎何處也。閃閃幽齋，弄影燈明滅。魂再艷，燈油接，情一點燈頭結。歎介竹影寺風聲，怎的遮，黃泉路，夫妻怎當賒。

待說何曾說，如顰不奈顰。把持花下意，猶恐夢中身。奴家雖登鬼錄，未損人身，陽祿將回，陰數

前日爲柳郎而死今日爲柳郎而生此二句正臨川所謂天下有情人也

也盡。前日爲柳郎而死、今日爲柳郎而生、夫婦分緣、去來明白、今宵不說、只管人鬼混纏、到甚時節、只怕說時、柳郎那一驚、也避不得了、正是

夜傳人鬼三分話。早定夫妻百歲恩。

【前腔】（生上）暮雲金闕、風幡淡搖拽。但聽的鐘兒絕。又早是心兒熱。紙帳書生、有分氤氳蘭麝蕩花陰[illegible]。把月痕遮。溜風光護着燈兒滅。此處留人戶半斜。可有心期在那些。

（旦）柳郎、這更深時分、從何處而來。（生）昨日被[illegible]

原本生旦相見凡十六曲太叢雜難唱今接散套清和傳嘉節改錦堂犯爲之車昌蛇切錦堂犯者犯畫眉序啄木

石道姑攪擾、險些做出事來、因此今夜乘他未來時、先到雲堂閒話一回、免其疑惑、不想姐姐來的恁早、小生有失溫存、得罪得罪、姐姐、你既這般見愛小生、小生小生明日、便當敬造尊府、拜見令尊、令堂、求這一門親事、姐姐可容許否(旦)到我家來、只好見奴家、要見我爹娘還早、(生)這般說、姐姐當真是那樣門庭、(旦笑介)

錦堂犯(生)月下香車、花前玉佩、自于人世迴別怎獨去獨來、邊廂少個侍妾、且說個貴姓尊名、(旦)奴

杞者杞江界水也

（介）（生）他苦把姓字沉埋。無過怕風聲漏泄。姐姐不肯泄漏姓名、定是天仙了、薄福書生、不敢再倍歡笑、儘仙姬錯愛。書生輩、恐終受天曹罰折。（前腔）（旦）差迭、暗地瞞爺。偷身離母。敢稱天上仙娥。（生）不是天上、難道是人間。（旦）雖則私奔不妨。且向說。（生）不是人間、敢是花月之妖。（旦）正要你掘草尋根。怕不待勾辰就月。（生）是怎麼說。（旦）欲說又止（介）幾回欲把衷腸訴。又無奈傷情哽咽。

（相思令）（生）姐姐、你千不說萬不說、直恁的書生

憂如有切

得十金與下
乾老儒要飽

不酬決更向誰邊說（旦）待要說如何說秀才我則怕聘則為妻奔則妾受了盟香說（生）你要小生發願定為正妻便與姐姐拈香去

滴溜子（生旦同拜）神天的神天的明香滿爇柳夢梅柳夢梅南安客舍遇佳人提挈願得生同衾死同穴口不心齊壽隨香滅（旦泣介生）姐姐怎生吊下淚來（旦）感君情重不覺淚下

滴滴金秀才家為客偏情絕料不是虛將盟誓說

老曲非有傳授未易歌也
曨音聾
忪音鍾

淚恩容愛難拋。撇囑東君留意者。愁腸打疊話兒
在喉曨剪了舌。些兒待說。你敢撲曨忪害跌。
生疑介 這是怎麽說 旦 柳郎你那春容得從何
處 生 在太湖石縫裏 旦 比奴家容貌爭多 生看
驚介 呀 可怎生一個粉撲兒 旦 可知道奴家便
是畫中人也 生介 掌謝畫介 小生燒得香到坐
姐姐 你好歹表白一些兒 旦 敢問柳郎堂上有
有人麽 生 先人曾官拜朝散 先母曾封院君 旦
這等也是衙內 做拜介 生 小姐明對我說是

此曲須另起調就是寫法

那家小姐、
啄木犯（旦）柳衙內休害怯。我須是杜守南安親骨
血。（生）原來就是前任杜老先生、如今陞任那裏（旦）
現如今陞任揚州。生撇下麗娘小姐。（生）哦、是麗娘
小姐、我的人那、（旦）衙內、奴家還未是人、（生）未是人、
難道是鬼、（旦）是鬼。（生）驚介、豈有此理、敢問小姐青
春多少、（旦）年華二八。婚時節。今生注定前生業。（生）
小姐、你怎麼是鬼、敢是哄我、（旦）衙內、我不是哄你、
鬼便是鬼、如今待與你為妻哩、（生）合、既許我為妻

真奶總便冷骨寒骸。也擠的和伊偎熱。

（生）你說與我爲妻、我也不害怕了、難道便好請起你來、則怕似水中撈月、空裏拈花、

【三段子】（旦）三光不滅。鬼胡由還動迭。一靈未歇。潑殘生堪轉折。（生）敢問仙墳何處。（旦）梅根自有通仙穴。冥司已給回生帖。須不是空裏拈花。水底撈月。

（生）起棺一事、只怕我獨力難成、如何是好、（旦）哥與石道姑計議而行、（生）未知深淺、恐怕一時開攢不徹、

【上小樓】(旦)嘆介你爲人爲徹。殺櫳棺勾三尺。你點
鬧鍬和我一謎掘。就裏陰風漏漏。只隔的陽世些
些。

(內雞鳴介)

【鮑老催】(旦)長眠人一向眠長夜。恨天光雞鳴微夢
同遠寒荒雞咽。覺人間風味別。曉風明滅。子規聲
容易催殘月。三分話做一分說。

【耍鮑老】丁丁列列。吐出在丁香舌。折了丁香結。須
碎丁香節。休殘慢。須急切。若是枕函空說幽情難

還魂記　卷下　五

歇

旦急下生沉吟介奇哉奇哉柳夢梅做了杜太守的女婿敢是夢也待我回想一番他名字杜麗娘年華二八死葬後園梅樹之下啐分明是人道交感有精有血怎生杜小姐顛倒說自己是鬼旦兜帕重上扯生介衙內怎生還在此生避驚介呀小姐怎生是這個模樣旦奴家還有叮嚀你既許我為妻可急覷之不宜自悞如或不然妾事已露不敢再來相陪願郎留心勿使

可惜妾身不得復生、必痛恨君於九泉之下矣、
（尾聲）（旦跪介）向姑姑計議明當決〇（生跪扶起介）怎
忍把恩情別捨〇（旦）你也只罵的我一句鬼隨邪〇
（旦作鬼聲下回顧介）（生弔場驚呀低語介）我柳
夢梅一向着鬼了、他說的恁般分明恁般悽切
是無是有、只得依言而行、和姑姑商量去、
正是寧可信其有、不可信其無、
要知杜小姐、須問石姑姑、

第二十折　回生

此第可三齣義析也今併入回生為一折

〔道〕池遊前〔副淨〕芙蓉冠帔。短髮難簪繫。一爐香鳴鐘叩齒。

我這梅花觀、爲着杜小姐而建、當初杜老爺、分付陳教授看管、三年之內、只見他收取祭租、並不會來行走、便是杜老爺去後、誰了一府州縣士民許多分子、起了個生祠、昨日老身、打從祠前過、猶來也有人來也有、陳最良陳最良你可也叫人掃刮一遭兒、倒是杜小姐神位前、已逐添香換水、何等莊嚴清淨、正是天下少信讀書

子、世上有情持素人、
遶池遊後生寄意幽期、若非人世待聲揚徘徊半
晌、
見介生小生自到仙居、不曾瞻禮寶殿、今日願
求一觀、副淨相公請隨喜、行到介副淨高處玉
天金闕、下面東嶽夫人、南斗真妃、內鐘鳴生拜
介中天積翠玉臺遙、上帝高居絳節朝、遂有馮
夷來擊鼓、始知秦女善吹簫、好一座寶殿、做看
介怎生左邊這牌位上寫着杜小姐神王、是那

一位女王【副淨】是沒人題主哩【生】杜小姐爲誰
【五更轉】【副淨】這紅梅院因何置是杜參知前所爲
香閨小姐女因的十八而亡就中攢瘞爲陞任急
失題主空牌位【生】誰祭掃他【副淨】墓田二頃供租
給偏他無上孤墳年年寒食
【生哭介】這等說起來杜小姐是我之妻【副淨驚
介】相公當眞【生】千眞萬眞【副淨】只可惜死了【生】
小姐如今生了只要你借我一把鍬兒就請他
起來【副淨】律上開棺見屍者斬使不得使不得

生　這不妨、是小姐自家主意、
前腔　不是咱央及你。是小姐主意兒。副淨　便是小
姐分付、也待我擇個日子、生　恰好今日乙酉可以
開墳、喜金鷄玉犬非牛日。只待尋個人兒。開山力
士。副淨　我有箇蠟梨姪兒、也倒用得、只尋發之時
怎處、生　但回生。兒聲息停。商議。可有偷香竊玉劫
墳賊。還有一事、小姐倘然回生、要些定魂湯藥、副
淨　這不打緊、陳教授開張藥鋪、只說前日一時、小
姑姑黨了凶煞、求藥安魂、生　煩你快去、這七級浮

疙音鴿　此前有丑字　字疑衍　出隊子曲並删

鬧。豈同兒戲。（副淨）待我叫蠟梨姪兒出來、你一邊備些香燭紙馬、祭奠山神土地、纔好開掘、姪兒你快去拿鋤頭來、（生下）（丑扮疙童上）

【金錢花】（丑）自小疙辣郎當、郎當。喫飯不落饑腸饑腸。梅花觀裏有姑娘。姑娘叫我甚商量。不點燭便燒香。

姑娘、叫我拿鋤頭來有何用處（副淨）姪兒昨夜黃靈官、親分付我、說道杜小姐在陰司、要還生丁、你可早晚見、同到墳上去、好好的掘開、若是延遲、就一金磚打下來。丑仰古介有這等事、副淨、你拿了鋤頭跟我來。到介生携紙燭上、做看介咳、只見半亭瓦礫滿地荆榛、繡帶重尋、裊裊藤花夜合。羅裙欲認、青青蔓草春長。則記得太湖石邊、是我拾畫之處、依稀似夢、恍惚如亡、怎生是好。副淨、相公、不要忙、梅樹下、高墩見便是。生、小姐、好傷感人也。哭介丑、哭甚的、趁時節了。生、向古門燒紙介、巡山使者、當山土地、顯聖

詞中陽神攝煞俱無處下多一句刪之便做土地公公女嫁吾句佳

顯靈

冢木鷯拜介開山紙草上鋪。蟾罩山前紅地磕頭

淨若不是為小姐死裏求生。敢太歲頭邊動土。生

土地公公、今日開山、專為請起杜小姐麗娘、不要

死的要個活的、你為神正直應無嫉。我陽神攝煞

俱無處。便做土地公公女。嫁吾春在小梅株。

前腔丑揪土介這三和土一謎鐵。半尺孤墳你在

無。生要小心些、看介到棺了、丑作驚去鋤介到官

就該死罪了、生搖手介噤聲、旦兒帕伏卓下做哭

蚍音毘
蜉音巫
未可音暮

蚴介副淨驚介鬼做聲了生休要驚了小姐副淨
望介原來釘頭銹斷子口登開杜小姐敢是別處
送雲雨去了做開棺介丑姑娘走過些待我一發
打開這棺材頭細看看介那小姐果然是個活的
黃靈官說話一些不差生望旦介你看小姐端然
自在異香襲人幽姿如故謝天謝地你看正面上
有五色胭脂針空處沒半米蚍蜉只他煖幽香四
片斑斕木潤芳姿半榻黃泉路副淨扶旦出生去
帕介生為你欵欵偎將睡臉扶休損口中珠

麗娘還魂喉中以以狀凡得其潤醒而已豈思舍藥等引真傷時事臨死者但不識歸豈實示解手營啼序另起[illegible]

〔副淨扶旦行介〕〔旦〕到牡丹亭內進還魂丹〔生〕待

我取藝酒來〔調藥灌介〕

鶯啼序〔手調一盞香蜜酥〕〔旦吐介〕〔生〕怎生落在胸膈。小姐、再進些。纔喫下半口還無。〔覷介〕好了好了靑春生顏面肌膚。〔旦歎介〕只爲那一枕華胥送的我不着墳墓。〔生〕小生是柳夢梅。〔旦〕朦朧覷。怕不是梅邊柳邊人數。

〔生〕小姐有這石道姑爲證。〔副淨〕小姐可認的石道姑麼。〔旦看不語介〕

作回頭可託石道姑句佳

數遣去句得

前腔〔副淨〕作回頭可託石道姑〔生〕可記的這後園〔旦〕不語介〔副淨〕還是你夢境模糊〔旦〕只那個是柳郎〔生應〕〔旦〕做認介柳郎真信人也虧殺你撥草尋蛇恰便似守株待兔〔生〕棺中寶玩收好諸餘抛散池塘裏去〔丑〕這是一個標致小姐讓與你了那些玩器你還要他做甚〔作丟棺入水介〕〔生〕向人間別畫個葫蘆水邊頭洗除凶物〔副淨〕虧了小姐整整睡了這三年〔旦〕流年度怕春色三分一分塵土

〔合〕小姐此處風露不便不可久停且扶小姐到

道姑扶旦先下，生后場無非為說親一事，皆是情致語。

觀中將息去。（副淨扶旦、丑隨下）（生）謝天地，幸得小姐還魂之後，漸覺活動，再買些美酒香酥，慢慢將養他起來。央及道姑，與他說親便了。

【尾聲】我把死工夫活救出幽陰府，再着些香酥美酒相扶，慢慢的准備高唐暮行雨。

此臨川第四十三折也，今移于此，蓋節旦口力耳。原本外老旦先後上場，今借夜遊朝引，稍生色耳。

第二十一折　移鎮

【夜遊朝】（外杜安撫，副末扮院子隨上）清秋楊子江頭樹，望風煙渺渺愁予。（老旦、貼隨上）身在淮南心懸江右。兀那嬌兒何處。

訴衷情闋末句云但願崔家金椀天教再出荒丘蓋不時麗娘已回生矣故夫人一點念如此

見介貼帀頭介【訴衷情】外碎聲文報一年秋。江水去悠悠。塞草中原何處。一鴈過淮樓。老旦心上事。鬢邊愁。幾時休。但願崔家金盌。天教再出荒丘。外我安撫淮揚。不覺三載。雖則李全騷擾喜得大勢平安。昨日打聽金兵要來。使我十分憂慮。夫人。你怎不念我頭白于戈裏。偏將亡女絮傷心。老旦相公。我提起亡女。你便無言。豈知我心中愁恨。一來為苦傷女兒。二來為全無子息。待趂在揚州尋下一房。與相公傳後。尊意如

何、(外)使不得、這是部民之女哩、(老旦)這等還江
金陵女兒可好、(外)當今王事匆匆、何必及此、(老
旦)依介、(末)苦殺我那麗娘兒呵、(小生扮報子上)報
報、(外看報介)樞密院、一本爲金兵寇淮事、奉
聖旨、着淮揚安撫使杜寶、刻日渡淮、呀、兵機緊
急、聖旨森嚴、夫人、我和你移鎮淮安、就此起程
了、(丑扮驛丞、雜扮水手上)羽檄從參贊、牙籤報
驛丞。稟老爺、船隻人夫俱已齊備、(內鼓吹)(外上
船介)(丑跪稟介)合屬官吏、俱在北門候送、(外竟

原本報下有不足路二曲今刪

送、（丑向古門介）老爺分付免送、（丑回）（小生下、外）夫人你看一江秋色可觀、

【長拍】天意秋初天意秋初。金風微度。城闕外畫橋煙樹。（老旦）看初收潑火嫩涼生。微雨沾裾。（合）畫舸浸蓬壺。瀲潮生指拍的浪花飛。吐點點白鷗輕自舞。看落日搖帆映綠蒲。忽聽得白雲淺處鳴簫鼓。多應是採菱人歌唱。喚起江湖。

（淨扮報子上）報報報軍情如火急。報馬似星飛。禀老爺、李全兵馬、將次到淮安了、介武官僚一

時無主老爺須從陸路連夜趕去乘賊未到先一攢城池方保無事（外）我知道了（淨下）（外）天人如今兵火滿道難以同行若回去西川途路遙遠又兼有長江之險不若徑走臨安尋個客館住下等四方寧靜之後再圖歸計可也（老旦）相公前途保重我與春香歸去臨安多是腹裏之地料無他阻

【短拍】（外）老影分飛老影分飛似參軍杜甫把山妻拋擲天隅（老旦哭介）無女一身孤亂軍中拜辭了

燭叶東盡切

夫人與侍女回杭既無院子隨從即杜安撫亦遲下無一語分付豈其時關隘警而膽落耶

夫主。(合)有什麼命夫命婦都是些鰥寡孤獨。生和死圖的個夢和書。

(尾聲)拜別介(外)流光已逼桑榆暮。怎做得地頭軍府。(老旦)珍重你滿眼兵戈一腐儒。

(外)院子你一路好好伏侍夫人回去(末)應聲嘆(下)(老旦)吊場歎介春香你看老爺奉。朝命促迫去了撇下我和你兩個好孤苦人也

(老旦)隋堤風物已淒涼。楚漢寧教作戰場。

(貼)閨閣不知戎馬事。雙雙相趁下殘陽。

石道姑外許親便柳生後上最得体至問以前生事而旦爲勝如花曲以答何迂濶也删之

第二十二折　婚走

【意難忘】旦副淨隨上如笑如呆。歎情緣不斷。夢境重歡。副淨你驚香醉地府。與襯出天台。見介旦奴家死去三年。只爲鍾情一點。幽契虛生。皆虧柳郎。和道姑。信心提救。又以美酒香酥時時將養。數月之間。稍覺精神旺相。副淨好了。那柳相公三回五次央我說親哩。旦道姑這事還早。待揚州去。問過了老爺夫人。請個媒人方好。副淨好俏停的話兒。教那性急人。如何等得生查子（生上）艷質久塵埋。掙出煙花界。含笑插金釵。擺動長裙帶。

（見介）（生）地窟扶卿做玉真。（旦）重生勝過父娘親。（生）便好今宵成配偶。（旦）懵騰還似少精神。（副淨）方纔說精神旺相、只瞞着他些。（旦）秀才可記得古書云、必待父母之命、媒妁之言。（生）前日雖不是鑽穴相窺、早則鑽穴而入了。小姐今日又掉起書來。（旦）秀才不比前不同、前夕鬼也、今日人也。鬼可虛情、人須實理、

此謂婚曲宜嶄截故以桂枝香易勝如花且下不是路好接調

倩千去聲

【桂枝香】謝得你一點心看待。(拜介)合受我三生禮拜。待成親還少個官媒。(副淨)有我在此、也做得一個官媒、(旦泣介)要結褵須高堂人在。(生)成了親、去見令尊令堂、可也不是驚天之喜。(旦)你忙怎的、直恁般急色。恁般急色。何不暫時寧耐。將人驚駭。囑多才、甫能勾倩女還魂出。怎過上襄王雲雨臺。【不是路】(末)潑院閒階。花影蕭蕭轉翠苔。(扣門介)(人誰在。是陳生探望柳君來。(旦驚介)(生)陳先生來怎好、(旦)你和石道姑、出去見他、我自迴避了去

爲後駭變折　示本

奇哉怎女兒聲息紗窗外。硬抵門兒應不開。又扣門介（生）是誰（末）是我陳最良（生開門見介）承車蓋。我衣冠未整因遲待有何驚怪。（副淨）怎般驚怪。一

前腔（末）不是天台。怎風度嬌音隔院猜。（副淨）原來是陳教授。（生）陳先生。你說裏面怎有婦人聲息。却不知小生與石道姑講話。（副淨）非遮蓋。梅花觀裏。有甚女裙釵。（末）是了。我一向窮忙。不曾到杜小姐墳上。明午整個小盒兒。同柳兄徃墳上隨喜去。告辭了。無閒會。今朝有約明朝在。酒滴青娥墓上

覷音去聲

來。(生)承拖帶。匆匆點不出茶兒待，即當回拜。(末)慢勞回拜。

(末下)(生)喜的陳先生去了，小姐有請。(旦上)(副淨上)怎麼好，陳先生明日要上小姐墳去，事露之時，一來小姐有淫佚之名，二來公相無閨閫之教，三來秀才坐迷惑之譏，四來老身有發掘之罪，如何是好。(旦)道姑，你是必與我遮蓋咱。(副淨)[illegible]姐，這柳相公待往臨安取應，不如曲成親事，[illegible]我那姪兒尋隻贛船，夜開去，以滅其跡，意[illegible]

旦恐為陳教授所知遂成覯事同去臨安此關目之最緊嚴者

起句佳末改可字覺更妙

前與曲文而來趂非作家不能為也

何如【生】高見高見【旦】如今事急也說不得了只隨你主張罷【副淨】有酒在此你二人就此拜告天地【拜把酒介】

【榴花泣】【旦】三生一夢人世兩和諧承合卺送金杯是誰將春酒滴泉臺纔醱轉人面桃腮【悲介】傷春便埋似中山醉夢三年在【生介】看卿家花月姿容休認做土木形骸

【前腔】【生】相逢無路良宵肯疑猜眠一柳當三槐杜蘭香真個在書齋愧著卿不是仙才小姐你幽姿

不知正身陪奉身魂何若

暗懷被元陽鼓的陰無賴。(旦)柳郎奴家依然還是女身。(生)已經數度幽期玉體豈能無損。(旦)那是鬼也。這纔是正身陪奉伴情郎。只是遊魂女兒身依舊含胎。

(生對副淨)這事情眼見得明日就決撒了。央你快去喚個船來。(副淨向古門叫介)蠟梨姪兒你與我去叫個三版船兒。送柳相公臨安應試去。

(丑應介淨扮舟子歌上)春娘愛上酒家樓。不怕歸遲總弗愁。推道那家娘子睡。且教留住要梳

這石道姑真
合有殺

頭（丑扮童上叫介）三板船兒來（淨來了）（攏船介）
（丑）姑娘、船兒叫的有了、（副淨）既是有了船、相公
小姐、小心去罷、（生）小姐無人伏侍、相煩道姑一
行、得了官時、自當重報、（副淨）我一些不曾收拾、
如何去得、（背介）這事情有些干礙、三十六計、走
爲上計、（回云）也罷、姪兒你在此照管房頭、我送
小姐去、一到就來、（丑）與相公去了、事發誰當、（生）
我有三百文黃邊、送你買糖喫、事發之日、只推
在姑娘身上便了、（丑）這等、你去、正是禿廝兒權

三年此居四句皆尋常口頭語入曲自佳此下有前腔一換頭二曲並刪

充道伴女寵子眞當梅香。（下）
急板令（生）眾上船介（合）別南安孤帆夜開。走臨安
把雙飛路排。（旦）悲介（生）小姐因何吊下淚來（旦）歎
從此天涯。歎從此天涯。三年此居。三年此埋。死不
能歸。活了幾回。（合）問今夕何夕。此來魂脉脉意哈
哈。
尾聲（生）情根一點無生債。（旦）歎孤墳何處是望夫
臺。（介）我和你死裏淘生情似海。
（生）寂寞煙波夜渡聽。　何如范蠡竊西施。

玫音梅
瑰音傀

〔旦〕旁人不解扃丹意。惟有春風應自知。

第二十三折 駭變

〔末上〕幾年紅粉委黃泥。十二峯頭月欲低。折得玫瑰花一朶。春風吹上窈娘隄。我陳最良。因感激杜太守。爲他看顧小姐墳塋。昨日約了柳秀才、墳上望去。不免走一遭。〔行介〕岩扉不掩雲長在。院徑無媒草自深。待我叫門。〔叫介〕往常門兒重重掩上。今日都開在此。待我參了聖。〔看菩薩〔介〕冷清清沒香沒燈的呀。怎不見了杜小姐牌

鍋 戈

位待我問一聲道姑(叫三聲介)想是俗家去了待我叫柳兄問他(叫介)柳朋友(又叫介)柳先生(看介)呀柳秀才去了舊好了他來不參去不辭沒行止沒行止待我西房瞧瞧哎呦道姑也搬去了磬兒鐃兒床席一些都不見了怪哉(想介)是了我昨日來時道姑與柳秀才緊閉觀門唧唧噥噥不知講甚麽我叫了一會門方纔開得見了我時有些驚惶之色一定那秀才住此多時與道姑勾搭上了怕我知道連夜搬去沒行

太湖石只靠動
了取書案

止、沒行止、由他由他、且往後園、看小姐墳去、行介、

懶畫眉 荒園幽徑老蒼苔。月榭風亭久不開。當時曾此葬金釵。望介 呀、舊墳高高見的、如今平下來了。緣何不見墳兒在。敢是狐兒穿空倒塌來。這太湖石、只左邊靠動了些、梅樹依然、驚介 哎呀、小姐墳被劫了也、

朝天子 哭介 是什麼發冢無情短倖材。他有多少金珠在。打眼來。小姐、你若早有人家、也搬回去了、

此下有普天樂山尾聲並刪

只爲玉鏡臺無分。照泉臺好哀哉。只怕蛀鑽朽骨樹穿骸。不隄防這災。不隄防這災。

知道了、柳夢梅是嶺南人、慣會劫墳、將棺材放在近所、截了一角爲記、要人取贖、這賊意思、不過道杜老先生聞知、一定來取贖、想那棺材、只在左近埋下了、待我尋看、見介哎呀、這草窩裏却是硃漆板頭、這不是大銹釘開了、棺去天阿、小姐骨殖、丢在那裏、望介那池塘裏、浮着一片不是棺材和頭、這等連小姐屍骨也抛在池塘裏

麗娘復生之後柳郎奔走急報今已入臨[illegible]石[illegible]地

去了好很心賊我如今先稟了南安府緝拿便

往淮揚報知杜老先生去

莫信直中直。須防仁不仁。

明朝廣陵去。報取劫墳人。

第二十四折如杭

唐多令（旦上）海月未塵埋。新粧倚鏡臺。（生上）捲錢塘風色破書齋。（合）天香雲外落。桂子月中開。

（生）我和你夫妻相隨。到了臨安。賃下這所窰房。可以理會書史。爭奈試期尚遠。客思轉深。如何

此詩詞題詩兩次此一段斷不可少

是奴、（旦）早是央石道姑買酒一壺爲君解悶盒
未見回、（生）小姐生受你了、小生當初只認做鬼
西隣女子、誰知感動幽冥、匆匆誠甚矣、蒙一着
而來到今不曾請問、不知小姐請何上不是者
邊是柳邊、就指定了小生名姓、這靈遺要實名
的、（旦）笑介柳郎、只因我在後花園遊玩、會夢見
你來、
江見水折柳花園內、相邀題咏來、其時我亚待迴
避、被你抱在牡丹亭上去了、（生）笑介、可記得麼、

介正好中間落花驚醒。此後神情不定。一病懨懨。服藥求神無効。這是聰明反被聰明帶。真誠不得真誠在。寃親做下寃親債。一點色情難壞。再世爲人。活做了兩頭分拍。

前腔生聽你從前說。教人暗地猜。爲情凝蹏犯陰陽戒。縱邪淫不怕陰曹怪。分書生領受陰人愛。的你色身無壞。出土成人。又見這帝城風彩。

副淨提酒上路從丹鳳城邊過。酒向金魚館

喏呀相公小姐還不知我在城中沽酒看覓孝

[illegible]

曲中帶上聲語句便含蓄後訪親之意言得做法

路秀才都赴選場而來相公你莫要錯過爭美大的好事（生）作忙（介）道姑果有這話麼（副淨）是道我與你（旦）這等柳郎只索快行（副淨）這酒便是狀元紅了

【川撥棹】（旦）把酒（介）恩和愛怎忍撇半時刻（生）為功名兩字驚鴛鴦為功名兩字驚鴛鴦送長亭春醪一杯（合）展平生七步才便看花十里來

【尾聲】（旦）果是今朝得傲蟾宮客（生）倍精神金階對策（旦）高中了同去訪爹娘一兩報道我地窟裏登天

隱套消第四二十五雜折今刪

非計矣上聲臨川以所在是靈處盡見故舊四折止旦末供唱故臨川于生旦

大喝采。

（旦）親送良人赴禮闈。江城桃李爛春輝。

（生）青雲有路終須到。金榜無名誓不歸。

第二十五折 寇間

劉子令（淨外扮僂儸巡哨上）大王原是小僂儸。小僂儸。娘娘原是小旗婆。小旗婆。立下個草朝忒煞活。虧心又去搶山河。山前山後一聲鑼。

兄弟、大王攻打淮城、要個人見杜安撫打話。大路頭影兒也沒一個、小路尋去。唱前來句下介

手甚習謹種宣驟瓦都北殿亭於前雲三階隻吹羽按旦末當有餘力者以柔旋而曲將甚屬文暴運末金點不至死不小手末當此兵戈惶急之時用駐馬聽曲殊不得調故易以縷縷金且重用山前山後一聲鑼句亦自有韻

〔縷縷金〕〔末雨傘包袱上〕貪道路，受奔波。誰知時運蹇，遇干戈。險把殘生送，心驚膽破。我陳最良為報杜小姐之喪，來到揚州，見杜安撫大人。誰知整鎮淮安。我只得又向淮安去，一路上都是強盜，如何是好。〔作沉吟介〕如今大路上不敢行走，抄從小路而行。〔內淨鳴鑼驚介〕〔末〕聽山前山後一聲鑼，教人怎躲？教人怎遮躲？

〔淨外〕明知山有虎，故向虎邊行。咱往那裏走。〔介〕〔末〕大王饒命。〔淨外〕還有個大王哩。〔末〕天阿

僂儸[illegible]末上 用[illegible]見引 者[illegible]手之 匪[illegible]之

了。正是烏鴉喜鵲同行，吉凶全然未保。（下）

【普賢歌】（貼楊婆、丑李全，引副淨雜扮僂儸執旗上）（貼）雄兵十萬打淮南，海動山搖戰色黲。（丑）南朝俺不戀，北朝俺不貪。（合）甚天公有處安排俺。

（丑跪見貼，舉手介）大王請起。（丑）娘娘，我和你圍了淮安，許時只是不下，要個人去城中打話，兼看杜安撫動靜，則眼下無人可使，如之奈何。（貼）必得杜老兒親信之人，將計就計，方纔可行。（淨外綁末上介）稟大王，拿得個南朝漢子在此。（貼）

是個老兒、何方人氏、作何生理、〔末〕聽稟
大迓鼓。生員陳最良。南安人氏。訪舊淮揚。〔貼〕請是
來〔末〕是杜安撫他郡齋曾設扶風帳。〔貼〕原來他倚
中教學、幾個學生、〔末〕則他甄氏夫人、單生一女、女
書生。不幸早年亡了。〔貼〕還有何人、〔末〕有義女春香。伴
讀學堂。
〔貼背介〕一向不知杜寶家中事體、今日得知、我
有計矣、叫介這腐儒、〔丑〕帶在轅門外去、衆應押
末下、〔貼〕大王、奴家有計了、昨日殺的幾個婦人

可於中取出首級二顆、則說杜寶家老小、回至揚州、被俺手下殺了、獻首在此、故意蘇放那廝儒、傳示杜寶、杜寶心寒、必無守城之意矣、（丑）妙計妙、計、叫中軍、（小生扮上）（丑）我請那腐儒講話中間、你可將昨日殺的婦人首級二顆來獻、[illegible]說是杜安撫夫人甄氏、和使女春香、牢記着、（小生應下）（丑）左右、再叫那腐儒來見、（淨外押末上）（末）饒命大王、（丑）你是個細作、不可輕饒、（貼）勸大王、饒了他、聽他講些兵法倒好、（丑）也罷、依娘娘

認衛靈公陳陣爲兵法又云夫人南子是老學究本色

說饒了他（衆）放末綁（介）（末）叩頭（介）謝大王娘娘不殺之恩（丑）起來講些兵法我聽（末）衛靈公問陣於孔子孔子不對說道吾未見好德如好色者也（丑）這是怎麼說（末）只因彼時衛靈公有個夫人南子同坐先師所以怕得講話（丑）他夫人是男子我這娘娘是婦人（內擂鼓小生捧盤上）首級上報報報揚州路上兵馬殺了杜安撫家小特來獻首級討賞（丑）看（介）則怕不是眞的（小生）千眞萬眞夫人甄氏這使女叫做春香（末）做

本屬罪也今改前注爲是

看認鶯哭介天那、眞個是老夫人和春香首級、小生下、丑哇、腐儒啼哭什麽、還要打破淮城殺那老兒纔罷末、饒了他罷、大王丑要饒他除非獻了這座淮安城、末這等、容生員去傳示大王虎威、立取回報內擂鼓發喊末怕介貼你去與那杜老兒說、

前腔教伊自主張。怎把孤城坐守。不早投降丑直待金家兵馬臨淮上。看區區杜寶怎生當。合那時禍到臨頭纔燒好香。

本腔亦是四寸板五拍實易看天數曲譜倣此

（貼）天王且恕他這一刀、腐儒快走（末）慌下（介）（貼）
軍士們聽令、將淮城暫解一角、放這腐儒入城、
依前圍住、併力攻打、不怕那杜寶不來獻城、
（衆應介）得令
（貼）此日轅門釋腐儒 說他杜寶獻降書、
（五）不施萬丈深潭計、 怎得驪龍頷下珠、（下）

第二十六折 耽試

（鳳凰閣）（小生扮苗舜賓引老旦雜執爪槌上）漫降
徹夜。秋水魚龍怎化。廣寒丹桂吐層花。誰向雲端

和戰守三策等訣亦不惡

拆下殿闈淡鎖取試卷看詳回話
【集唐】鑄時天匠待英豪引手何方一釣鰲報答
春光知有處文章分得鳳凰毛下官苗舜賓便
是聖上因我香山能辨番回寶色欽取來京典
試因金兵摇動臨軒䇿士問和戰守三者孰便
各房取中頭卷聖旨着下官詳定想起來看寶
易看文難叫左右取各房卷子上來（淨扮吏捧
卷上）小生作看介這第一卷臣聞國家之和賊
如里老之和事呀里老和事和不的罷了國家

原本有一對書內今刪

事和不來怎了、本房擬他狀元、好沒分曉、且看第二卷、這意思主守、臣聞天子之守國、如女子之守身、此的小了、再看第三卷、倒是主戰、臣聞南朝之戰北、如老陽之戰陰、此語忒粗、這是罰易有陰陽交戰之說、以前主和、被秦太師誤了、今日權取主戰者第一、主守者第二、主和者第三、其餘諸卷、以次而定、叫左右封了文卷、隨我進呈去、正是絲綸閣下文章靜、鐘鼓樓中刻漏長（做擺頭踏行介）

此句臨川多不叶調今改正

這是朝房裡不比府州縣道告考遺才臨川文說殊無美

神仗兒（生上）奇才輻輳、奇才輻輳。英雄入彀。（老旦揭介）秀才站開、如今文卷進呈哩。（生）恰進呈時候。薄命書生落後。大哥、你與我稟一稟、有個遺才狀元求見。（老旦）這是朝房裏面、怎比府州縣道告考遺才（生）大哥、你真個不稟（哭介）天阿、也枉了苗老先生賫發我來獻寶、止不住淚雙流。止不住淚雙流。

（小生聽介）左右[illegible]、這哭的拿過來。（老旦）扯生進見跪介（生）告遺才的、望老大人收考。（小生）咳、聖吉

[illegible]柳不于柳[illegible]便是交也[illegible]見[illegible]

臨軒、翰林院封進、誰敢再收、（生哭介）（生）員從嶺南帶家口、萬里而來、無路可投、願觸金堦而死、（生做觸堦、老旦扯介）（小生背云）這秀才像是柳生、眞乃南海遺珠也（回介）秀才快不要、可有卷子、（生）卷子備得有、（小生）這等、姑准收考、（生）多謝老大人、（小生念題介）聖旨問汝多士、近聞金兵犯境、惟有和戰守三策、何者爲便、（生叩頭介）領聖旨、臣廣州府學生員柳夢梅、謹對、竊惟天下大勢、能戰而後能守、能守而後能戰、可戰可守、

再見而後著感恩知己焉而有之柳生讀蔡詠大奇矣

而後能和。如醫用藥。戰為表。守為裏。和在表裏之間。（小生）高見高見。當今事勢如何。

馬蹄花（生）寶駕遲留。只道西湖晝錦遊。縂為三秋桂子。十里荷香。一段邊愁。願吳山立馬那人休。想燕雲唾手何時就。若止是和呵。小朝廷羞殺江南誚鑾輿略近神州

（小生）秀才。你這卷子。我已續取進呈。可在午門外候旨。（生）應起出（介）（小生）執笏奏事（介）臣翰林院看卷官苗舜賓謹奏。（淨）捧卷後跪（介）

舊本有樞密使與苗翰林各滴溜子一曲予以後榜下所有陳最良引奏事故云樞密曲而以其事之此詔中見之覽有疑化

【滴溜子】（小生）臨軒的臨軒的文章看就。呈御覽。呈御覽定其卷首。正吉日傳臚。祇候千官在殿頭。把瓊林備久。伏乞重瞳允臣之奏。（外扮黃門捧旨上）聖旨到來。朕惟國家求賢若渴。顧于事勢有未暇圖者。比來邊報屢傳。金虜通連大盜李全。騷擾江淮。傳臚一事。姑待干戈寧輯。擇日放榜。可諭知多士。毋急（小生叩頭呼萬歲介）（外淨先下）（生）原來這試官。就是苗老大人。嫌疑之際。不敢相認（小生出見生介）秀才聖

有李苗翰林馬蹄花曲今從十出到後方有結

上以金兵犯淮、干戈倥偬、傳臚之事、暫且停閣、你的文卷、下官續取第一、雖則遲延幾日、進狀元一定是你的、

【馬蹄花】聖主垂旒、想泣玉遺珠一網收。怎爲么麽小醜。責任元戎。却後儒流。秀才、我看你的策上說能戰而後能守、能守而後能戰、可戰可守、而後能和、豈不是文武全才、三分話。點破帝王憂。萬言策。檢盡乾坤漏。（生）也只是儒生命薄、有一場奇遇、不得放赫（小生）釣竿兒拂綽珊瑚。待從容穩占鰲

[illegible]在第四折今改

[illegible]

七音表

頭

（小生）澤國江山入戰圖。一時玉殿罷傳臚。

（生）書生自有雲霄望。權把邊防讓武夫。

第二十七折　折寇

破陣子（外戎裝佩劍引淨扮中軍副淨雜扮卒執旗上）接濟風雲陣勢。侵尋歲月邊垂。（內擂鼓喊介）

（外）虎咆般砲石連雷碎。鴈翅似刀輪密雪施。李全李全你待要霸江山吾在此。

（生）誰能譚笑解重圍。萬里胡天鳥不飛。今日海門

此曲首子交枝中桂枝香末鎖南枝以二曲皆有枝字故云玉桂枝詞中多四句今刪

南朝事。滿頭霜雪爲兵機。我杜寶、自到淮揚、即遭兵亂、孤城一片、困此重圍、只索調度兵糧、死守而已（歎介）

（玉桂枝）問天何意。有三光不辨華夷。把腥羶吹換人間。望中原做黃沙片地。猛冲冠怒起。猛冲冠怒起。是誰弄的江山如是。（歎介）我看李全賊數萬之衆、破此何難、進退遲疑、其間有故、我有一計可救圍。恨無人與遊說。

（内擂鼓介老旦執旗扮報子上）羽檄場中無鴈

原本末上與外同唱浣溪沙曲今改末唱粉蝶兒引

到、鬼門關上有人來、好笑、城圍的鐵桶般緊、有個秀才來打秋風、只索報去稟老爺、城下有個故人相訪、(外)敢是奸細、(老旦)他說是老爺的舊治下、南安府學廩膳生員陳最良、(外)這迂儒怎生飛的到此、快放進來、(老旦下)

(粉蝶兒)(末上)鼓砲齊飛、報道有故人千里。(老旦上)稟陳相公到、(末見介)頭白乘驢懸布囊。(外)故人相見憶山陽。(末)横塘一別千餘里。(外)都認并州作故鄉。(末)恭謁老大人、苦傷老夫人回揚州被賊兵所害了、（外驚介）你怎麼知道（末生員在賊營中親眼驗過、委實是老夫人和春香兩個首級、（外哭介）天那、兀的不痛殺我也

玉桂枝（相夫登第、表賢名甄氏老妻、稱皇宜一品夫人。又待伴雙忠烈士。想吾妻在日。想吾妻在日凄然垂淚。儼然冠幘。（拭淚介）呀、好沒來由、夫人是朝廷命婦、罵賊而死、理所當然、我怎爲他亂了方寸、身爲將怎顧私。任悽惶百無悔。

陳先生、那賊還講甚麼、（末）不好說得、他還要老

杜安撫妙者人也夫人愛女皆非真急

大人獻了這座淮安城纔肯收兵（外怒介）那賊
敢如此無禮我再問你那賊營中是一個坐位
兩個坐位（末）他和妻子連席而坐（外笑介）這等
吾解此圍必矣但不知先生爲何而來（末）老大
人不問我陳最良幾乎忘了爲因小姐墳墓被
劫徑來相報（外驚介）塚中枯骨與賊何讐都只
爲那些珍玩害了也那賊是誰（末）老大人行後
石道姑招了個嶺南遊棍柳夢梅爲伴見物起
心一夜劫墳逃去將小姐屍骨拋之池水中因

未歸三尺土四句用[illegible]著

此不遠千里而告（外）歎（介）女墳被發、夫人遺[illegible]
正是未歸三尺土。難保百年身。既歸三尺土。難
保百年墳。也索罷了、只可惜先生一片好心（[illegible]）
陳最良自別老大人後一發貧薄了、（外）軍中[illegible]
李、無以為情、我把一件大功勞托先生幹去（末）
當得効勞、（外）叫中軍官取筆硯書帖過來（淨）擺
筆硯（介）（外）寫（介）書已寫就了、煩先生前到賊營、
通此書帖、倘說得李全降順、便可歸奏朝廷、自
有個出身之處、叫中軍取黃金一錠送陳相公、

嚙書證[illegible]音横原本外末裝嘆襍花泣一曲無論曲名已見且于場上不便下緊板故以四邊靜下之

權爲路費淨取書𧗽介儒生三寸舌將軍一箇書黃金在此相公請收了末路費謹領送書

其實怕人陳最艮去不得外不妨觀其開闔發

你入城意可知也

四邊靜兵交使在從來說不須恁驚怯國勢本崢嶸賊兵會銷滅合隨何口舌蘇卿氣節願學兩賢人留名在芳牒

前腔末鯫生不識縱横訣焉能建功業徒捧一函書何當萬夫劫合前

外先生只管大着膽去包你沒事的罷[illegible]

門軍士好送陳相公出城去淨應介

外一紙賢十萬師　勸君此去不須辭

末末許忠肝臨白刃　且留殘命捱黃虀

第二十八折　急難

菊花新旦上曉粧臺頻聽鵲聲高　懶把金釵帶笑敲　博山秋影搖　盼泥金明香暗禱

鬼冤求出世　貪落望登科　夫榮妻貴願　凝盼事

如何　我杜麗娘　跟隨柳郎　至此科試　只這些時

一條離鼇江雲暮潮是詩餘語也以入曲亦佳

纔見散羣豪人對景無言無論唱者須有傳授作者

一　遲遲喜報。正是長安咫尺如千里。夫壻遙遙第一人。

出隊子（生上）詞場湊巧。無奈兵戈起禍苗。泥金煞玉多嬌。他待地窟裏隨人上九霄。一跳離鼇江雲暮潮。

一見介（旦）柳郎你回來了。望你高車晝錦。爲何徒步而回（生）小姐聽我道來。

瓦盆兒到來棘院蕭然。早已散羣豪（旦）哦。原來去遲了（生）幸遇着舊知交。（旦）可會補考麽（生）虧他滿

[illegible]宜斟酌四字方合節奏

[illegible]音[illegible]

遲悞你夫人花誥比如你在泉路可心焦[illegible]

船明月把去珠淘。旦 嘗介 好了放榜未 生 只他選奏龍樓放榜之期。旦 怎生又不開榜、生 小姐不知大金家兵起、殺過淮揚來了、却被那細柳營。權將杏花拋。遲、悞你夫人花誥。旦 遲也不爭幾時只問你淮揚地方便是我爹爹管轄之處麽 生 正是 旦 哭介 天那、我的爹娘怎了 生 道恁的哭啼啼痛煞煞腸斷了。比如你在泉路可心焦。

旦 奴有一言、未忍啓齒 生 小姐但說不妨 旦 既然放榜之期尚遠、欲煩你往淮揚打聽爹娘消耗、未審許否。(生)謹依尊命、奈放小姐不下。(旦)不妨、奴家自會支持。(生)這等、央石道姑替我收拾雨傘包裹、即日起程便了

榴花泣(旦)白雲親舍。孤影舊梅梢。道香魂恁寂寥。怎知魂向柳枝銷。維揚下坐長是一靈飄。回生事少。聽的我活在人間驚一跳。(合)平白地鳳婿過門。似半青天鵲影成橋。

前腔(生)且行且止。兩處係心苗。要留旅店伴多嬌(旦)有石道姑在此為伴。(生)險八難伴這涼宵風前

止宜一曲而臨川增作前腔且詞中句字全不合調今改正拗音要

月下。還怕舊覓驪。〔旦〕再不聽了、〔生〕那淮揚路遥。怕兵戈徧地行難到。〔旦泣介〕我那爹娘呵〔合〕念雙親判割離。情爲半子。敢憚辛勞。

〔生〕小姐、小生此去、拜見岳翁岳母、問及回生之事、怎生答應、

漁家燈〔旦歎介〕我爹心性多偏拗。恐遭怒惱。你可將我這春容、帶在身畔、我爹娘若見了呵、少不得問個根苗。這三年怎熬。黑婁婁盼不到晨光曉。爭些兒粉悴香消。〔生〕倘或岳翁、問起墳上這事來、可

末句之須不比稚埋惡少蓋爲陳秀才走報發墳事後臨川有知要以予為功臣矣

不開掘之罪、先自認了、（旦）只說是天教這墓門開了。須不比稚埋惡少。

（生）說得有理、

（尾聲）拜別仙姑輕身直走淮揚道。報重生歡聲不小。

（旦）柳郎你到那裏問了平安便回休只管明月橋邊聽玉簫。

（副淨持包傘上）雨絲晴兼雨、春容秋復春。相公包袱雨傘在此。（生背傘包與道姑別介）

（生）打併行裝去。淮揚謁丈人。

無端放着個寥果洼明助番家打漢家。疑元人有此語，為臨川拾得。
搽瘥詐切

（旦）情知非遠別，亦自暗消魂。

第二十九折　圍釋

【出隊子】（小生扮通事上）一天之下，一天之下，南北分開兩事家。無端放着個寥兒洼，明助番家打漢家。通事中間撥嘴料牙。

事有足詫、理有固然、自家溜金王麾下、一名通事便是、好笑俺大王、助金圍宋、攻打淮城、誰北朝、暗地差人、去到南朝講話、把俺大王奚落一壁、正是暫通禽獸語、終是犬羊心。

雙勸酒（丑持大刀貼執梨花鎗引老旦雜執旗上）

行介（合）橫江虎牙。插天鷹架。擂鼓揚旗。衝車甲馬。

把錦城墻圍做陣雲花。只教他有翅難加。

（丑打恭介）娘娘甲冑在身不能全禮（貼）大王請

了（丑）娘娘我軍攻打淮城日久未下心中未決

狐疑一者怕南朝救兵到來策應二者怕北朝

見責委任無功弄的進退兩難如何是好（貼）大

王你可聽得金兀朮差人到南朝打話麼（丑）[illegible]

（介）有這等事（淨扮番將帶刀走馬副淨扮馬[illegible]

剌叶那架切

那音挪

克叶康美切
卜叶辣平声
喇叶郭架切

以胡語作譯者謂非中國

前引上

北夜行船 淨 大北裏宣差傳站馬虎頭牌滴溜的分花那古裏誰家跑番了摌剌怎生呵大營盤沒個人兒答煞 副淨大叫介 北朝天使到來 丑作[illegible]介 快叫通事請進 小生跪接介 溜金王請那顏進 淨 可纔可纔道句克卜喇 下馬介 副淨接鞭介 淨上坐介 貼丑舉手介 淨不回介 都兒都兒 丑問小生介 這怎的說 小生他道惱哩 淨指丑介 鐵力溫都答喇 丑問小生

人所習聞也元劇中亦有此

約叶音杳

只叶音止

六叶音溜

阿叶何哥切

企怎說小生他道且不說只是殺丑這怎了淨做看貼笑企忽伶忽伶小生道娘娘生的好淨克老克克老兀該打喇小生他說走渴了要馬乳酒喫淨約兒兀只小生要燒羊肉丑分付企快取羊肉馬乳酒來老旦持羊[illegible]灑酒取刀割肉吃作醉企一六兀剌的小生他道醉了不惱了淨擺手倒地企阿來阿來小生這便是唱喏淨點頭招貼企哈撒哈撒小生要問娘娘貼問什麼淨招貼企兀該毛克喇毛克喇貼笑

刀叶音利　言叫甲以切　矢叶傷以切

問小生介怎詭小生作搖頭介問娘娘討什
西貼笑介討什麼小生道事不敢詭淨笑個介
古魯古魯丑背問小生介他要娘娘什麼東西
古魯古魯不住的小生這件東西是要不得的
丑什麼東西要不得的小生他要娘娘有毛的
所在丑作惱介這㺃子好大胆也丑作持刀趕
殺介淨出介曳喇哈哩副淨慌上淨上馬跑回
指丑介力妻吉丁母剌失力妻吉丁母剌失介作
閃袖走馬下丑氣殺我也他道曳喇哈哩是什

撚尼展切

麽〔小生〕他叫引馬的快走快走、〔丑〕怎又指着我
道、力婁咭丁母剌失、〔小生〕這要奏過他郎七、呌
人來殺你、〔丑〕作惱嚧氣撚鬚〔介〕可惜放他走了、
不先殺得他、〔貼〕大王你可當着不着、〔丑〕啐、着了
你那毛克喇、也送與他、〔貼〕便許他何害、你也志
撚酸、〔丑〕這是我一時火性耐不得、倘或那大金
家知道、我的溜金王、就有些欠穩了、〔貼〕那番將
從南朝而回、其中必有說話、〔內〕擂鼓〔介〕〔生〕執旗
扮報子上〔報〕報報、稟大王、遠遠望見淮揚城、有

或問陳秀才於時正投賊營何以淡綾娶金作出隊子又知秀才亡由有杜安撫書心胆稍堅爲兩國交眞不斬來使此處[illegible][illegible][illegible]熟[illegible]也

放出前門那老秀才飛馬而來不知爲着甚事〔丑〕快去與我拿來〔生應下〕〔內擂鼓吶喊介〕〔末持書上〕

〔出隊子〕心驚膽跳眼見烽烟暗四郊輕身投入虎狼巢何異洪爐點一毛可是殘生脫得這遭〔老旦拿住介〕〔末〕阿喲不消拿我我正要來見你大王〔綁進介〕〔末叩頭介〕萬死一生南安府學生員陳最良百拜大王殿下娘娘殿下〔丑〕狂生擄獻了城池麼〔末〕城池不爲希罕敬來獻上王

通家等語甚迂然以出腐儒之口是稱善對

玉是書與末一自心者職本不識字當借

位與大王(丑)寡人久已爲王了、又要這老頭兒獻甚的(末)正是官上加官、職上添職、杜安撫有書呈上(丑看書介)通家生杜寳頓首李王麾下、(問末介)你這腐儒、我與杜寳有何通家(末)漢朝有個李固杜喬是至交、唐朝有個李白杜甫、又是至交、因此杜安撫斗膽稱通家(丑笑介)哦、這是老兒好意思(折書還末介)你讀這書與我聽

一封書(末)開君事外覷。戎狄豺狼難定交。肯同心聖朝。一体榮華直到老。打家劫舍君何好。背猜投賊

奉書包

衆所褒。展英豪。立功勞。留取香名畫閣標。（末）送書介（丑）笑介這書勸我降宋其實難從此外又有寄啟一通奉尊閫夫人（笑介）那老頭兒也敬重娘娘哩（丑）將書付末介你也念我聽（末念介）通家生杜寶斂衽拜上賜老娘娘帳前（丑）住了那老頭兒怎與娘娘也通家（末）大王通得去娘娘也通得去（丑）通得去也罷只是他男子漢不該說斂衽（末）娘娘肯斂衽而朝杜安撫怎麼不斂衽而拜（丑）也通得去你再念我聽（末念

宋朝之美与前南子相應

書介遠聞金朝封夫爲溜金王並無封號於夫人此何禮也杜寶早已保奏大宋勅封夫人爲討金娘娘之職伏惟粧次鑒納不宣丑那老頭兒倒先替娘娘討了恩典哩貼他要封我討金娘娘難道丑替你征討大金家不成末受了封誥後但是娘娘要金子都來宋朝取用因此叫做討金娘娘貼這等是你宋朝的美意末莫說娘娘便是衛靈公夫人也說宋朝之美貼依你說我冠兒上金子成色頗高甚是難得要你南

鄱音婆

刻照樣兒打造一頂、與我替換。〔末〕這都在陳最良身上。〔丑〕你只管討金討金、把我這溜金王溜在那裏。〔貼〕連你也做了討金王罷。〔丑〕敢不聽命、〔末〕叩頭〔介〕則怕大王娘娘退悔。〔丑〕既然娘娘許了、便寫下降表、齎發秀才回奏南朝去、

前腔〔丑〕歸依大宋朝、不怕金家起鬭爭。點這擔兒是你挑。要黃金須任討。大王你鄱陽湖聲譽收心早。〔丑〕你黑海岸回頭見識高。〔合〕偃旌旗。解鎗刀。免得名題叛賊條。

原本有尾声又江頭送别二曲並刪

（貼）大王、我和你全仗金韃子威勢、一向橫行江淮之上、如今與金家反了面、那趙家要筭計你、亦有何難、只怕你做了楚霸王、不到烏江不止、（丑）我便做了楚霸王、你個虞美人、定不被趙虜王、占了你去、（貼）你也做不成楚霸王、我的虞美人也做不成、不如換了題目做、（丑）什麽題目、（貼）呌做范蠡載西施、（丑）五湖在那裏、（貼）此去海門不遠、不如出洋做海賊去、比五湖還大得多哩、（丑）喜介妙妙妙、取降表付末介、（末）這上封降表賞

聖天子諸正是元劇体臨川當亦絶倒

作請功去罷〔末接叩頭謝介〕〔丑作分付介〕大小
三軍聽我號令我已歸順大宋暫解淮圍隨我
出海門去〔内應介〕内掌號唱前合轉下〔末望介〕
杜安撫好計策好計策那裏恒一封書說得這
賊盜收兵去了淮圍已解豈不是大大的功績
我如今將此降表奏上朝廷或者賞我個官做
也不見得
聖天子百靈咸助〇　大將軍四面威風〇
活強盜一時解散〇　老秀才八字亨通〇

第三十折 遇母

十二時【旦上】不住的相思鬼。把前身退悔。土臭全消。肉香新長。嫁寒儒客店孤悽。【副淨】又着他攀高謁貴。

【旦】道姑。奴家喜得重生。嫁了柳郎。指望他一舉及第。同去拜訪爹娘。誰知朝廷爲着淮南兵亂。開榜稽遲。又念我爹娘。正在圍城之内。只得賃發柳郎。往尋消息。撇下奴家錢塘客店。好悽楚人也。【副淨】小姐。虧你黄泉之下。怎生過了。

二曲俱佳改竄亦止數字

鍼線窗【旦】這些時孤眠獨晒。猛想起前生今世。只破門簾亂撒星光內。煞强似洞天黑地。三不歸父母如何的。七件事兒夫家靠誰。心悠曳、不生不死。魂夢裏爲個人兒。

前腔【副淨】伴着你坐間靈位。又守見一房夫壻【旦】道姑、你那夜搜尋秀才不可知我問在什麽去處【副淨】只道壽夭頭兒。怎放得人廻避。做的事瞞神諕鬼你看月兒黑黑星兒瞞。螢火青青似鬼火吹。昏昏地燈花欲墜。須留得照解羅衣。

此與月兒高曲全別臨川作此到下半便憒然矣如予所改投奔誰家誰家宿今晚句即以示與人或梁伯龍鄭若庸陸天池輩雖號知音未必謂善也

安撫夫人即

【旦】夜長難曉，還向鄰家借些油去。【副淨】你院子裏坐下，待我借油去來。【下】

【月兒高】【老旦貼上行介】江北生兵亂，江南走多少。只道鄉關穩，又值風波患。回首天涯，生死知何所。千山萬水，一個春香伴。影隻形單，好生悽慘。天涯日暮野村寒，教我投奔誰家。誰家宿今晚。

【老旦】春香，我和你自別老相公之後，歸途無

漸次臨安，不意五陵道中，風波陡作，將船傾

家童行李，沉溺無存，只剩我兩人。今日已到錢

不乘傳遞路長何至作乞婆寒相故子改爲覆舟而得生世間常有此事耳且春香之撮合錢亦是還魂之餘奇更有家委

原本不是路兩曲不但曲已見二十二折亦覺冷場故以三太平令易之

塘門了、只是天色昏晚沒尋處店兒宿歇、怎

是好、萬死一逃生、得到臨安府（貼）孤身無處投

長路多辛苦老夫人、春香巴、曾看來、家門兒

都是關上的、只有這一家還是個半開門兒

和你驀將進去（老旦進介）（貼）呀門房空靜裏面

可有人麼（旦）是誰、

太平令（老旦）直自淮安歷盡人間行路難。（旦）這是

女人聲音想是借宿的（出見介）是一個老娘、一個

丫頭、請進裏面坐（老旦）謝介（旦）謝娘行肯與番青盼。

[illegible]音晉切

怎黑地自樞盤。

旦 有個道姑在此相伴、因少燈油、教他到鄰家去借了、老旦細認背叫 貼 春香、這像誰來、貼 驚介 不敢說、像小姐、老旦 你快瞧房裏面還有甚人、若沒有人、必然是鬼 貼下、旦背介 這位老娘好像我娘親、那丫頭好像春香、

前腔 細看容顏、怎與娘親其一般。那梅香也似當初伴。敢廝遇夢寬間。

道老娘、一定是我娘親、我可認他、貼 [illegible]燈[illegible]背[illegible]

此似元劇來

老旦(介)一所空房子、道没個人影兒、是鬼是鬼、
老旦作怕(介)旦)這聲音一發厮像、必然是我的
母親、向前認(介)我的母親、老旦避(介)敢是女孩
兒出現春香、將日餘剩的紙錢、快丟快丟(貼丟
紙錢(介)旦)娘、是女兒、不是鬼、老旦)不是鬼、我叫
你三聲、要你應我一聲高如一聲(做三叫三應
聲漸低(介)老旦)是鬼是鬼(旦)母親、你女兒有話
講、旦扯老旦、又作怕(介)老旦哭(介)兒、你這手恁
般冷(貼)可知埋兒手是冷的、老旦)兒、不曾廣超

二犬平令韻
句查前韻

度你、都是你父親古執（旦哭介）母親、倚這等害

怕女孩兒死也不放你去了

前腔（副淨持燈上）門戶蕭然、有甚人來撒紙錢（貼

夫人、那來的不是石道姑（老旦）可是（副淨驚介）怎

麽、老夫人和春香姐、也在這裏（旦）石道姑、快來者

奶奶、等怕哩（貼）這石道姑、敢也是個鬼（副淨扯老旦

照旦介）移燈就近端詳儞、怎認做鬼胡纏

（老旦抱旦哭介）兒呀、便是鬼、娘也不捨得你

（副淨）難道有這樣無影的鬼（老旦泣介）我的兒

看時兒立地叫時娘各天語亦佳

臨川有四曲今删其二

呱

番山虎只道你烈性上青天端坐在西方九品蓮不道三年鬼窟裏重相見也哭的我心酸腸割斷喉枯淚點穿魂夢沉迷神情倒顛看時兒立地叫時娘各天怕你茶飯無澆奠牛羊侵墓田（合）今夕何年今夕何年還怕相逢夢邊

前腔旦泣介你拋兒淺土骨冷難眠哭不盡爺娘飯江南寒食天可也不想今朝追思在前似這般糊突謎甚時明白天鬼不要人不嫌不是前生斷

春香先說柳夢梅秀才驚婆亦得体

今生怎得連合前

老旦石道姑、我且問你、小姐如何出的這墳來

副淨老夫人去後、不覺三年、元來小姐陽壽未終、却遇一個嶺南秀才柳夢梅來到觀中、安歇後園遊玩、三腳踹開墳墓、因此請出小姐貼果然有個柳夢梅秀才、異事異事、老旦如今這柳秀才在那裏副淨同小姐赴試到此、因開榜尚遠、聞老相公在淮安被兵圍困、小姐叫他打聽去了、

騎去聲

尾聲（老旦）感的化生女顯活燈前面。只你爹爹阿
他在賊子窩中沒信傳。（旦）母親放心、有我那信付
的人兒他穴地通天。打聽的遠。
（旦）定道黃泉隔九重。（老旦）不期江上又相逢。
（貼）今宵剩把銀釭照。（副淨）猶恐朦朧是夢中。

第三十一折 鬧宴

梁州令（外引末扮中軍官丑雜扮軍士上）長淮千
騎雁行秋。浪捲雲浮。思鄉淚國倚層樓。看機遭逢
奏凱且遲留。

原本並有第四十八混白折今刪

帽兒光整頓從頭還只怕未分明門楣認否此曲中本色語也

下官杜寶，身爲安撫，時值兵圍，幸喜陳生到此，貽書解散李寇，遠去金兵，不來中間，善後事宜，且再看詳停當。數介只是一件，下官在此鎮[illegible]存城之歡，實切亡妻之痛，昨已畢事本題，請他[illegible]後恩典，兼求賜假，兩歸未知，肯意允否，正是褒[illegible]名富貴草頭露，骨肉團圓錦上花。

金蕉葉生破衣巾携春容上窮愁客愁正揺蕩[illegible]飛時候整容介帽兒光整頓從頭還只怕未分[illegible]門楣認否

丑喝介並應入生是你老爺女壻拜見丑進稟介外問丑介那人材怎的丑也不怎的袖着一幅畫兒外笑介是箇畫師回他去罷丑老爺軍務不閒請自在生煩大哥一定要見的丑今日唉太平宴牌簿都繳了生呀原來如此則怕進見之時考一首太平宴詩或軍中凱歌急切怎好且想索一篇偹着丑還不走老爺來了生下

梁州令末扮文官上長淮望斷塞垣秋喜兵甲潛收賀昇平歌頌許吾流淨扮武官上兼文武陪將

相宴公侯

請下〔末〕今日吾文武官屬太平宴都要整齊〔末淨見介〕聖天子萬靈擁護老君侯八面威風太平之宴謹已完備望乞俯容〔外〕當年側有諸公怎麼聊用舒懷〔內鼓吹介〕〔丑持酒上〕黃石兵書三寸舌清河雪酒五加皮酒到

【梁州序】〔外澆酒介〕天開江左地冲淮右氣色夜連才斗〔末淨進酒介〕長城一線何來得御君侯喜平銷戰氣不動旌旗一紙書回寇那堪羌笛裡望神

州這是萬里籌邊第一樓。〔合〕乘塞草秋風候。太平
筵上如淮酒。盡慷慨為君壽。
〔前腔〕〔外〕吾皇福厚。羣才策湊。半壁圍城堅守。〔末淨〕
分明軍令。杯前借箸題籌。〔外〕我題詩與李全夫婦
呵。也定燕支却虜。夜月吹篪。一字連環透。不然無
些也。總生休。不是天心不聚頭。〔合前〕
〔内擂鼓介〕〔老旦扮報子上〕金貂并入三公府。錦
帳誰當萬里城。報老爺。奏本已下。奉有聖旨。不
准致仕。欽取老爺還朝。同平章軍國大事。老夫

人、追贈一品貞烈夫人、（末淨）平章乃宰相之職、君侯出將入相、官屬不勝欣仰、

（前腔）（末淨送酒介）攬貂蟬歲月淹留。慶龍虎風雲輻湊。君侯此一去呵、看洗兵河漢、接天高手。偏好杜花晴節。天香隨馬、簫鼓鳴清晝。到長安宮闕裡、報高秋。可也河上砧聲憶舊遊。（合前）

（外）諸公皆高才壯歲、自致封侯、如杜寶者、白首還朝、何足道哉、

（前腔）每日價看鏡登樓。淚沾衣渾不如舊。似江山

想見太平宴詩與前合照

如此光陰難又猛把吳鈎拂拭栢徧闌干落日[illegible]
回首南歸殘草草寄東流明月同誰嘯庾樓（合）[illegible]
（生上）腹稿已吟就名單還未遞見（丑介）大哥登
我再稟一稟（丑）老爺正與太平宴哩（生）我太平
宴詩也想完一首了太平宴還未完（丑）誰叫你
想來（生）大哥我是嫡親女壻沒奈何稟一稟（丑）
進稟（介）稟老爺那個嫡親女壻沒奈何稟見（外）
好打（丑）起惱推生出（介）小生顧左右（介）叫女妓
送酒（旦貼扮女樂上）營妓們叩頭（進酒介）

犀馬賦八等語元人不作

節節高轅門簫鼓歇。陣雲收。君恩可借淮揚寇。功居首。貂綴頭。龜懸肘。馬敲金鐙秋風驟。沙堤笑拂朝天袖。（合）但捲取江山獻君王。看玉京迎駕笙歌奏。

（生上）此時歌闌宴罷。小生飢困了。不免衝席而進。（丑攔介）餓鬼不羞。（生惱介）你是老爺跟馬的麼人。敢辱我乘龍貴婿。打不的你。（生打丑介）（外問介）軍門外誰敢喧嚷。（丑）早上嫡親女婿。叫做溫奈何的破衣破帽破襪破雨傘。手裏拿一[illegible]帽

[illegible]委係乘龍屬官禮當攀鳳此一轉[illegible]做法

破畫兒說他餓的慌了、要來衙帋、早是勸[illegible]
打連打了九個半、則剩了小的這半個臉兒、[illegible]
惱（介）可惡本院司有禁約、何處寒酸、敢來胡[illegible]
（小生）淨揖（介）此生委係乘龍、屬官禮當攀鳳、[illegible]
一發中他計了、叫中軍官、與我拿下這光棍、[illegible]
州換驛解到臨安監候、末應（介）丑縛生（介）生[illegible]
哉冤哉、因貪弄玉為秦贅。且帶南冠學楚[illegible]
同下（外）諸公不知、老夫因國難分張、心[illegible]
又放着這等一個無名子、來騷噪人、愈[illegible]

打　賴　感

美人又譜詩
也入而亦佳

〔小生〕准老夫人受有國恩、名標烈史、爵玉身是春、有

不必慮懷、

〔前腔〕江南好宦遊、急難休、樽前且進平安酒、福壽

有〔旦〕子女悠、夫人又、〔外〕掩淚介、閃英雄、淚漬盈盈袖、

傷心不爲悲秋瘦〔合〕前

〔外〕中軍官、把臍面收了、老夫歸朝念切、就與書

公分別〔內〕鼓樂〔介〕〔旦〕貼先下〔介〕〔小生〕淨拜送〔介〕

〔尾聲〕相送處離亭酒〔外〕無奈丹青聖主求、怕書上

麒麟人白頭、

（外）不才何敢望平章。稍喜淮南賊寇降。

（淨）曾見幾人兼將相。古來惟有杜當陽。

第三十二折　榜下

（副淨丑扮將軍持爪槌上）鳳舞龍飛作帝京。巍我宮殿羽林兵。（旦小旦扮宮女持符節上）天門欲放傳臚喜。江路新傳奏凱聲。聖駕登殿不免在此伺候。

（北點絳唇）（淨扮老樞密雜提燈引上）整點朝綱量邊餉。（小生扮苗舜賓雜提燈引上）山河壯。幹

□□□陳　杜老曾云又　是古老道才　五福宰云陳　秀才文帶上　□讒臧文定　□的陳川　不□□

文章。（合）顯豁的昇平象。

（雜下）（小生）請了、恭喜李全納款、皆老樞密調度之功也（淨）正此引奏前日老先生看定狀元試卷、武假文修、今其時矣（小生）正此題請呀、一個老秀才走將來好怪好怪（末衣巾捧表上見小生淨介）生員陳最良告揖（小生驚介）又是遺才告考麼（末）不敢生員是樞密老大人門下引奏的（淨）這生員是杜安撫叫他招安了李全的帶有降表故此引見（內鳴鑾介）（丑）奏事官□

升殿(貼)有何文表就此披宣(淨)前跪引奏後跪

叩頭介(淨)掌管天下兵馬知樞密院事臣王元

謹奏恭賀吾主聖德天威淮寇來降金兵不動

有淮揚安撫臣杜寶欽遣南安府學生員陳最

良奏事帶有李全降表進呈微臣不勝歡抃

駐雲飛淮海維揚萬里江山氣脉長那安撫機謀

壯嬌詔從寬蕩(末)咪李賊快迎降表文封上金主

聞知不敢兵南向(合)只好看花到洛陽取次擒胡

過汴梁

小生跪介前廷試看詳文字官臣苗舜賓謹奏
前控殿策賢良榜下諸生候久長亂定人歡暢文
運天開旋璣文字已看詳臚傳須唱莫遣夔龍久
滯風雲望早是蟾宮桂有香御酒封題菊半黃
旦聖旨到來朕聞李全賊平金會兵退此乃杜
寶大功也杜寶前已有旨欽取回京陳最良自
奔走口舌之才可充黃門奏事官賜給冠帶其
殿試進士於中柳夢梅可以狀元全瓜儀從杏
苑赴宴謝恩衆外叩萬歲起介老旦捧冠帶上蓋

多行因唱榜
淋可憂之
之甚

門舊是鴻門客。藍袍新換紫袍仙。（末作換冠服介）（淨、小生出介）（淨）這許多寒儒、可也候的久了。反不如陳秀才夾帶一篇海賊文字、中的倒快。（小生）誠如老先生之言。（末冠帶謝恩介）（旦貼並丑末出見淨小生揖介）（二位老先生告回）（淨小生賀介）恭喜、明日就借重新黃門唱名介。（末）適問宣告狀元柳夢梅、何處人。（小生）嶺南人。此生遭際的奇異。（末）有甚奇異。（小生）其日試卷看將已定、將次進呈、恰好此生午門外放聲大哭告

還魂記　卷下　五十六

陳最良疑石道姑做一家腐儒之見大率如此

收遺才原來爲撇家小到京遲悞學生權收他在備卷進呈不想縣中狀元（淨）原來有此（末）昔想介聽來敢便是那個柳夢梅他沒有家小麽是了和石道姑做一家兒（回介）不瞞老先生這柳夢梅也和曉生有舊（小生淨）這等一發了當

（淨）偃武修文正此時（小生）早看金榜下彤墀
（末）黃河尚有澄清日（合）豈可人無得運時

第三十三折　硬拷

眷頭的是定婚店赤繩覊鳳領解的是藍橋驛配遞乘龍此聲語也酒是膾炙人口

風入松慢生上無端雀角土牢中是什麼孔雀屏風。一杯水飯東牀那草床頭繡褥芙蓉。天呵繫頭的是定婚店赤繩覊鳳。領解的是藍橋驛配遞乘龍。

我柳夢梅因領杜小姐言命去淮揚謁見杜安撫他在衆屬官前怕我寒儒薄相故意不行識認遞解臨安想他將次下馬提審之時果將春容不容不認只是眼下恓惶怎生奈何淨扮獄官丑扮獄卒持棍上試嘆臯陶鬼方知獄吏

觀音畫像故是禍害根不意釋又奶奶本思供養

齊。淮安府解來四徒那裏〔生〕見舉手介〔淨〕見面
錢、〔生〕少有、〔淨〕四飯錢、〔生〕也少、〔丑〕入監油、〔生〕也少、
一〔淨作惱介〕哎呀、一件也沒有、大膽來舉手、〔打介〕
一〔生〕我是杜平章嫡親女壻、不要打、打出事來、〔淨
笑介〕好嘴臉、平章府裏有你這樣女壻、且檢他
的行李、看有什麼值錢的、〔丑檢介〕這個酸鬼、一
條破被單、裏軸小畫兒、〔淨看畫介〕是軸觀音、與
我奶奶供養去、〔生〕都與你去、只留下畫兒、〔丑作
搶畫介〕〔副淨扮堂候官上〕獄官那裏、〔丑慌介〕乎

汪長孺草上有虛秀公引今刑嘉前風入松皂之由用以到的工雙調美

章府差官來了〔接介〕〔副淨出票示介〕平章[illegible]

取遞解犯人一名及隨身行李赴審〔淨〕人犯在

此、行李一些也無〔生〕都是這獄官搶去了〔副淨〕

搶了幾件、連他拿到平章府去〔淨慌叫頭介〕只

有這破單畫軸兒〔副淨〕這賊胚什麼東西、拿了

罷的、快趕解去〔淨丑押生隨行下〕〔外扮老旦雜

扮左右上〕秋來力盡破重圍。入掌銀臺護紫微。

回頭卻歎浮生事。長向東風有是非。自家杜寶、

叨蒙聖恩、超遷相位、前日有個棍徒、假充門壻、

風素丞相殿十分尊重元人作曲專以此等語爲高行不花藻麗即詩詞家亦然曲可立兩切犯那裡牢撐

已着遞解臨安監候。今日少暇、不免取來細審
一番。淨扮禁子上、（丑禀介）臨安府解犯人進、淨
原發犯人一名包拯一件、收管明白、叩頭下。生
上前介 岳丈夫人拜揖（外怒介）兀光棍、誰是你
岳丈、夥么唱介
新水令（生）則俺這恁書生。劍氣吐長虹。原來叅相
府十分尊重。學忠恩咸淵涵。陷禮數缺通融。曲
躬躬。他那裏牢撐身、全不動。
（外）你是那色人、敢即犯了法、相府堦前不跪。生

步〔?〕上八字都上去字也全宜平声不宜上声然改他字即不諧諧叻之

哄声上聲

員俺夢梅、嶺南人、是岳丈大人女壻。（外）我女兒

亡故三年、不說到納采下茶、便是指腹裁襟、盡

一些兒沒有、何曾得有個女壻來、可笑可恨、左

右與我打下去跪着、（衆）應介（生）誰敢拿

步步嬌（外）我有女無郎。早把他青年送。剗口兒輕

調閧。這嶺南和蜀中。牛馬風遙。甚處絲蘿共。敢一

棍走秋風。待關親騙的軍民動。

（生）我這樣女壻、賸書雪案、立楊雲霄、自家受用

不盡、要秋風岳丈、（外）還強嘴、摟他包裹裏、定有

假雕書印。倩賊拿賊。（副淨）開袱（介）破被單一件

畫觀音一幅。（外）看畫驚（介）呀。見賊了。這是我女

孩兒春容。你可到南安。認的石道姑麼（生）認的。

（外）認的陳最良秀才麼（生）認的。（外）天眼恢恢。原

來劫墳賊便是你。左右採下去打（衆應介）（生）誰

敢打（外）快招來（生）岳丈。你拿賊見賊。不曾捉姦

見床。

折桂令你道證明師一軸春容。（外）這春容分明是

殉葬的（生）可知是蒼苔石縫。迸坼了雲蹤。（外）快招來。

使聽以為曲
多似此者則
予當拜下風
敢玉茗筆劇
郎

生我一謎的承供。供的是開棺見喜。擋煞逢凶。外壙中還有玉魚金碗。都在那裏。生有金碗呵。兩口兒同匙受用。玉魚呵。和我九泉下比目和同。外可知道。生玉碾的玲瓏。金鎖的玎玲。外都是那石道姑窩藏這賊來。生則那石姑姑他識趣通情。却不似你杜爺爺逞拿賊威風。

外他胡明招了。叫令史取過一張堅厚官綿紙。寫下親供犯人一名柳夢梅。不合開棺劫財者一律擬斬。寫完。發與他因於斬字下押箇花字。拿

[illegible]乘池中月[illegible]斷魂波動[illegible]元美先生[illegible]此何必然[illegible]屬梨花[illegible]春冷也

成一宗文卷。（副淨）理會得。（取紙付生介）

江兒水（外）眼腦兒天生賊，心機使的凶，還不畫[illegible]

（生）誰慣來。（外）你紙筆硯墨，則好招詳用。（生）生員[illegible]

不犯奸盜。（外）你奸盜詐僞機謀中，精奇古怪虛[illegible]

弄。（生）令愛現在。（外）如[illegible]說，你把玉骨拋殘心痛。（生）[illegible]

在那裏。（外）後苑池中，月冷斷魂波動。

（生）是誰見來。（外）陳齋才來報知。（生）學生爲[illegible]

[illegible]費心，除了天知地知，陳最良怎得知道。

鴈兒落帶過得勝令（生）我爲他向明窗禮生容，我[illegible]

此曲平仄有失粘外歌者要因就之可也

[illegible]

他展幽期耽怕恐。我為他點神香開墓封。我為他噀靈丹活心孔。我為他偎熨的體酥融。我為他洗發的神清瑩。我為他度情腸款款通。我為他啓玉肱輕輕送。神通醫的女孩兒能活動。通也麼通。到如今風月兩無功。

（外）這賊說的是甚麼話。敎着鬼了。左右取桃條打他。長流水噴他。（副淨取桃條上）桃條在此。（外）吊起來打。（副淨老旦吊起生做打介）（淨丑扮校尉持金瓜上）天上人間忙不忙。開科失了狀元

原本有第五十一索元折今刪其曲而入其事于此

（末）郎、一向找尋柳夢梅赴瓊林宴、再不見他蹤跡、敢是回家去了、不免再到大街上尋去（丑）我們打丞相府前轉出去、便些（叫介）狀元柳夢梅那裏（外聽介）（淨丑又叫介）（外問副淨介）是什麽人喧嚷（副淨）不見了新科狀元、聖旨着沿街尋覓（生）大哥、開榜裏狀元是誰（外）這賊們管掌嘴（淨掌生嘴介）（生叫）我柳夢梅、可憐那、生又叫介、柳夢梅可憐那（淨）裏面怎叫道柳夢梅可憐（丑）敢是他犯了夜、弔在府裏（丑進看介）（外）這是甚衙門人進我府來〔丑淨〕我們是駕上的來尋狀元柳夢梅〔生〕大哥柳夢梅就是小生〔淨〕真個是柳夢梅〔生〕當真是〔淨丑〕狀元找着了快報知黃門官奏去來去朝天子先隊激們公〔下〕〔外〕一路的光棍去了正好拷問這廝左右再與我打呀〔生〕女婿便是假的難道狀元也是假的〔外〕凡爲狀元者登科記爲証你有何據則是吊了打〔生〕又叫〔介〕小生苗舜賓引〔淨丑貼捧冠袍帶上〕說傳丞相府。打狀元郎。〔見生介〕是了校尉快放

下來外見小生介這是翰林苗老先生且請相
見揖介外他是赦御門問成死罪犯人小生怎
麽是罪人是御筆點中的狀元有登科記在此
請看
僥僥令他文章黃絹直。名外紫泥封。外敢不是他
小生是晚生本房取中的生是苗老師哩教門生
一救小生分付丑[illegible]下介生叫疼介小生可憐
可憐怎把桃枝生決瘡。生老師他就是門生的丈
人不肯認哩小生偏對着惡姻緣這婦翁。

此詞多外諒予改為偏對着惡姻緣這婦翁當無續貂之誚

鮑嘉

（貼換生袍服介外上）冠服介

【收江南】（生）呀你敢抗皇宣駡勑封早裂綻我御袍紅。似人家女壻會乘龍。不似我帽光光走空。你桃夭夭煞風。（淨扯替生上介）（生）老平章好看我赴瓊林帽壓宮花面。

（外）你夢倘怕不是他果是他便童生應試也要候案怎生殿試下不傷撈開淮揚胡撞（生）老平章是不知爲因李全兵亂放榜稽遲令愛聞的老平章有兵寇之事着我一來上門二來報他

原本必做作前輩俐性重子以到今日文章有用易之且接下拆倒丈人峯句更有脈絡

此曲改竄頗多徒臨川聞之亦當擊節嘆賞

再生之喜三來探老平章消息怎將好意翻成惡意今日可是你女婿了麼（外）誰認你女婿

【園林好】（生）原來你倚着平章相公生趕出破窯呂蒙到今日文章有用（介）敢拆倒丈人家麼

拆倒丈人家

（外）悔不將劫墳賊監候奏請爲是

【沽美酒帶過太平令】（生笑介）笑你這孔夫子把公冶長陷縲絏中我柳盜跖打地洞向鴛鴦塚今日倒把燮理陰陽問相公可識的是狀元紅搶綴鞭

纏上聲

北尾刪

平章疑新狀元是賊是鬼，把日平章軍國事亦復如是耳

御街攔縱，列笙歌畫閣春風，便做我負柳毅私婚龍種，也不怕你老夫差胡猜韓重。我呵、才雄氣雄，到朝中衆中，呀、纔提破這牡丹亭殘夢。

老平章請了，你女壻赴宴去也。小生 老先生請了。生作同下、外吊場 異哉異哉，這柳夢梅還魂敢是鬼。做沉吟介 是了，前苗翰林在嶺南看寶、想與柳夢梅有舊，粧成這圈套、來救他。堂候官去請那新黃門陳老爺到來商議。末扮陳黃門上 官運精神老不眠，早朝三下聽鳴鞭。多落

主隨朝米不受村童學俸錢。自家陳最良。因奏捷一事。蒙聖恩欽授黃門。此皆杜老相公權奉之力。欲此趨謝。進見介 晚生正欲造謝。中途適蒙呼喚。請老先生台坐。容晚生拜見。外 昔爲陳白屋。今作老黃門。末 新恩無報效。舊恨有還丟。適聞老先生三喜臨門。一喜官居宰輔。二喜小姐活在人間。三喜女婿中了狀元。外 陳先生。教的好女學生。成精作怪哩。末 老相公胡盧提了罷。外 先生差矣。此乃妖孽之事。爲大臣的

原本有春香先上遶池遊引今刪

須奏聞聖上、滅除爲是、(末)老先生、果有此意、

意容

晚生登時轉奏、取旨定奪何如、(外)正合吾意、

(外)忝竊平章在漢廷。怕他妖氣暗文星。

(末)誰人斷得人間事。神鏡高懸照百靈。

第三十四折 聞喜

【遶紅樓】(旦引貼捧衣線上)纔過秋分日易斜。恨辭梁燕語鬧遮人。去空江身依客舍。無計七香車。

秋風吹冷破窗紗。夫壻揚州不到家。(貼)玉指淚彈江北草。金鍼閒刺嶺南花。(旦)春香、我同柳郎

此二曲頗有情致獨惜其音調不叶一經點竄便覺色澤

至此卽赴試闈、虎榜未開、楊州兵亂、賁發柳郎、打聽爹娘消息、且喜老萱堂、不意而逢、卑則老相公、未知下落、想柳郎刻下可到此番榜上、必得題名、須先製下羅衣、襯其光彩、(貼)繡床傳當請自鍼指、(旦)縫衣介(貼)小姐你和柳郎夢裏陰司裏兩下光景何如、

羅江怨(旦)春園夢作貼。到陰司轉折。被花枝引逗魂夢別。怪陰司較得人兒切也。(貼)還魂時像怎欸

(旦)似夢重醒。把不住心頭怯。(貼)令陰司可也有要手

處。【旦】一般的輪廻路駕小車。輪廻路駕小車。鬼[illegible]

關看夜月。便則到愛河邊。也自題紅葉。

【前腔】【貼】你風姿恁惹。那情腸害劣。香魂只傍花下

蝶。把親娘腸斷影中蛇。也不道燕塚荒斜。再立起

鴛鴦舍。則問你會書齋燈怎遮。會書齋燈怎遮

情杯酒怎賒。取喜時怎討那一泡血。

【旦】蠢丫頭。幽歡之時。彼此如夢。問他怎的。

【玩仙燈】【老旦副淨上】人語鬧吱嘹。聽風聲似女孩

兒關節。

入賺稍削真
頭究處令軍
手唱可
也

（見介）（老旦）兒聽見外廂喧嚷、新科狀元是嶺南柳夢梅、（旦）有這等事、（副淨）老夫人小姐賀喜者

人來了、

入賺（淨扮軍校執黃旗上）深巷門斜。抓不出狀元何處歇。這裏是了、（敲門介）（老旦）是那衙門來的、（校）則見這旗影兒頭勢別。是黃門官把聖旨教傳洩。

（老旦）叫（介）兒、原來是傳聖旨的、（旦）斗膽相詢、這金榜何時揭。不知高頭、可有柳夢梅名字列。（校）他中狀元丁也、（旦）奶奶、柳郎真箇中了狀元、如今在那

裏〔校〕他遭磨滅。往淮揚觸犯了杜叅爺。遞解回京。
把他做劫墳的賊決。〔老旦〕見謝天地。老爺也回京
了。他那知世間有此重生之事。〔旦驚介〕老爺怎麼
把狀元做劫墳賊來。〔校〕他高吊起。把桃棍抽掣。被
官家搶去。瓊林筵宴設。〔旦〕這等好了。〔校〕那平章勢
大。就動本哩。說道劫墳之賊。不可以作狀元。〔旦〕狀
元也可辨一本見。〔校〕狀元也有本。那平章奏他懸
荼自賴。把陰人竊。那狀元道。頭帶魁罡。不受邪。便
是萬歲爺。聽了成癡呆。〔旦〕後來如何。〔校〕有個陳黄

曲中凡三字四字有韻者皆須用尋常唱聯法

還魂記　卷一　二十六

明、是平章故人、奏准、要平章狀元小姐三人、智[illegible]
勘對、方取聖裁、（老旦）那陳黃門是誰、（校）是陳最良
秀才、在南安時、教小姐學來、曾官舍、因此杜平章、
擡舉他、掌朝班通御謁。（老旦）一發詫異、（校）便是甚[illegible]
着俺們來宣旨、分付你家一更梳洗、二更喫飯、三
更穿衣、四更走動、到明朝五鼓時節、響玎璫翠佩
朝金闕。（旦）我去說個甚麼、（校）把生死姻緣。一星兒
仔細從頭說。纔討你幅撞門紅去也。（下）
（衆）拜謝天地（介）

渺此曲代豔綠唇使別于下榜折耳

謔音夏

【一撮棹】〔合〕當日的梅根和柳葉。無明路遊魂暫時攝。果應夢在花園後邊摺。甫能勾到頭擔了捷。鬼姻緣人間再完貼。〔老旦〕我見明日發起些來到都似奏知此事〔旦〕便萬歲君王聽臣奏。〔下〕

第三十五折 圓駕

【北醉太平】〔淨丑持金爪扮值殿將軍同末黃門上〕俺唱行介〔合〕喪門夜叉。玉鎖金枷。陰司文簿不爭差。一椿椿要查。則君王有半副迎魂駕。怎容他邪神野鬼將人謔。少不得從頭撥出這根芽。做風流

洪[illegible]是陳[illegible]授
用情處

話靶○

【末】鸞鳳旌旗拂曉陳○傳聞闕下降絲綸○與王會
淨妖氛○不問蒼生問鬼神○自家大宋朝、新除
授黃門陳最良是也○昨日杜平章、題奏一本、[illegible]
誅除妖賊事、劾新狀元柳夢梅係劫墳之賊、[illegible]
妖魂托名亡女、不可不誅、隨後柳生、也奏一本、[illegible]
爲辯明心迹事、都奉有聖旨、朕覽所奏、幽隱[illegible]
特、必須返魂之女、面駕敷陳、老夫恐怕真[illegible]
小姐返魂、私着宮校傳旨、着他五更朝見、[illegible]

傳奇至底板其間情意已竭盡無餘矣獨此折夫妻父子俱不識認文做一番公案當是千古絕調

如今夜色將闌晨光欲散、正是早朝時候、不免同校尉們先到朝門、謝班伺候、言之未已平章狀元早到、(外)生幞頭袍笏同上、(生)三生石上看來去。(外)萬歲臺前辨假眞(生)岳丈大人拜揖(外)誰是你岳丈、(生)既不是平章老先生拜揖(外)誰和你平章、(生)笑介古詩有云梅雪爭春未肯降。騷人閣筆費平章。今日夢梅爭辨之時、少不得要老平章閣筆、(外)你這罪人、掉甚文字、(生)小生何罪老平章乃罪人也(外)我有平李全大功、怎

此湯義仍諢語也

麽是罪人、〔生〕你那裏平的李全則平的個李半、〔外〕怎生止平的個李半、〔生笑介〕你則哄的個楊媽媽退兵可不是李半、〔外惱紐生衣介〕和你官裏講去、〔末〕午門之外、誰敢諠譁、〔解介〕原來是杜老先生、這是新狀元敢問狀元何事激惱了老平章、〔外〕他罵我罪人、我得何罪、〔生〕你說無罪、便是處分令愛一事、也有三大罪、〔外〕那三罪、〔生〕太守縱女遊春、一罪也、女死不奔喪、私建菴觀、二罪也、嫌貧逐壻、才打欽賜狀元、三罪也、〔末笑介〕

奏事不實語佳

狀元你也罪過些看下官面分和了罷（生）黃門大人與學生有何面分（末笑介）狀元不知尊夫人曾請我上學來（生）敢是鬼請先生（末）狀元[illegible]堂忘舊了（生認介）老黃門可是南安陳伯粹先生（末）惶恐惶恐（生）呀先生我和你分上不薄如何妄報我為賊做門館報事不真則怕做了黃門也奏事不實（末笑介）今日奏的實了（末唱介）朝見官上御道（外生同入朝跪介）（外）臣杜寶見（生）臣柳夢梅見（各叩頭呼萬歲介）（末）平身（外生起）

猙音撐
獰音能
在閻浮殿見了些青面獠牙也不似今番怕如此等語何必讓元人

左右立介旦鳳冠紅團衫上

北黃鐘醉花陰旦平鋪着金殿琉璃翠鴛瓦響鳴稍半天見剎剌淨丑唱介甚的婦人衝上御道拿了旦驚介似這般猙獰漢叫喳喳在閻浮殿見了些青面獠牙也不似今番怕末前面來的是女學生杜小姐麼旦來的黃門官像陳教授待偷叫他一聲陳師父陳師父末是也學生你做鬼怕不驚驚麼旦禁聲再休提探花鬼喬坐衙則說狀元妻來面鵲

以下雜用戈麻二韻句字亦多不妥者當改正

[illegible]

〔末〕朝見官揚壓舞蹈山呼萬歲〔旦〕作舞蹈呼萬歲萬歲萬萬歲〔末〕聽者杜麗娘是真是假就着伊父杜寶出班識認〔外〕覷旦作惱介這小鬼真個一模二樣大膽大膽〔跪奏介〕臣杜寶謹奏臣女亡已三年此女酷似必花妖狐媚假托而成

〔南畫眉序〕臣女沒黃沙一旦重生必狐假向丹墀白日請擊金瓜〔生跪奏介〕臣妻杜氏實係平章親生之女豈應殘忍至此他做五雷般嚴父規模待一謎裏把嬌兒撲殺〔起介〕〔合〕便閻羅包老難彈壓

照鏡看影有做

除聖旨從天判下。
〔末〕聽旨。朕聞人行有影。鬼形怕鏡。定時臺上。有秦朝照膽鏡。黃門官。可同杜麗娘照鏡。看花陰之下。有無蹤影回奏。〔末同旦對鏡介〕女學生。是人是鬼。
【北喜遷鶯】〔旦〕人和鬼教怎生酧答。形和影現托着面菱花。〔末〕鏡無改面。委係人身。再向花街取影回奏。〔行看影介〕〔旦〕你覷自花陰行跡。一般兒蓮步回鸞印淺沙。〔末〕杜麗娘有踪有影的。係人身。可將

措叶音章

此後有南畫眉序北出隊子二曲今删

亡後化事情奏上（旦）萬歲、臣妾二八年華、自畵春容一幅、詩于柳外梅邊、夢見這生、妾因感病而亡、葬于後園梅樹之下、後來果有這生姓名、柳夢梅、拾取春容、朝夕掛念、臣妾因此出現成親、（悲介）惶惶煞這底是前亡後化、抵多少陰錯陽差。

（老旦上）多早晚女兒還在面駕、老身擁入正陽門、叫寃去也、（淨丑喝介）甚的婦人、衝上御道、拿下、（老旦跪伏介）萬歲、爺、是杜寶妻、一品夫人甄氏見駕、（末驚介）那裡來的真個是杜夫人哩、（外

吹滴溜子爲公曲如天遣子母重逢依依這搭皆於尋常語得之

搭叶音打

跪介臣杜寶再奏臣妻死于揚州亂賊之手已經奏請恩吉褒封此必妖鬼捏作母子一路白日欺天起介生這個婆婆不會認的他末聽者甄氏既死于賊手何得臨安母子同居老旦萬歲

南歸朝歡揚州路。揚州路。兵戈似麻。爭些把殘生命納。廻船去。廻船去。向臨安寄家。却遇着孩兒事發。果然夢中尋得人兒嫁。相隨應試來都下。天遣子母重逢依依這搭。

原本勅黃門官押送午門外相認予以爲午門外非簡婿爭論之場亦非春香道姑闖進之所不若押送平章府爲便

末聽旨、朕覽甄氏所奏麗娘重生無疑、就着黃門官校、押送平章府、父子夫妻、相認成親、衆拜起轉到介老旦、恭喜相公、高轉了、外、怎想夫人無恙旦哭介、我的爹呵、外不理介、青天白日、小鬼頭遠開些、陳先生、如今連那柳生、俺也疑將起來、則怕也是個鬼、末笑介是一個踢斗鬼、老旦今日見了狀元女壻、女兒再生、眞十分喜殺老身也、生揖介、丈母光臨、做女壻的有失迎接多罪多罪、旦見生介、相公恭喜、外鬼也邪、怕沒

嚇叶音夏

趂山去聲

爹叶多加切

門當戶對的看上柳夢梅什麼來、北四門子（旦笑介）是看上他、帶烏紗象簡朝衣掛。笑笑笑、笑的來眼媚花。爹娘人家白日裏高結彩樓、招不出個官壻、你女兒睡夢裏、鬼窟裏、選着個狀元、還說門當戶對、則你箇杜杜陵、慣把女孩兒嚇。那柳柳州可也門戶風華。爹認了女孩兒罷、（外）離異了柳夢梅、方纔認你了、（旦）叫俺回杜家。趂了柳衙。便做你杜鵑花。也叫不轉子規紅淚洒。（哭介）只被你前世的爹、今世孃。是怎生呵、顛不剌悄靈

此時連陳黃門恐亦疑春香爲鬼石道姑爲賊矣

竟立介

旦母親爹爹門孩兒離畏了柳郎纔認孩兒

的不閃殺我也作悶倒介老旦忙扶介我的

娘兒副淨石道姑貼春香上鬧得老夫人與

姐俱在丞相府裏我和你趕將入去見介小

甦醒末驚介這是石道姑元來春香也是活

好笑我在賊營裏聽什麼首級來

南鮑老催副淨這的是天家正法眼見得喬公案

少詳察聽了些喬教學虔禁架末春香賢柔你與

[illegible]鮓切

[illegible]臾切　掇[illegible]上声

夫人一路來的這石道姑正是劫墳賊【副淨】啐、[illegible]化頭、誰是賊、你報夫人死哩、又道春香死哩、做的個紙棺材舌鍬鍾、【貼】見外叩頭【介】老爺、春香叩頭、又向生介、狀元春香叩頭、【生】問【介】石道姑、這了頭那裏來的【貼】你和小姐牡丹亭做夢時、就有我春了、【生】好、活人活證、【外】都是一刻鬼話哩、【副淨】【貼】見團圞不想到眞和冷鬼挪揄、不想做人提掇、【背】[illegible]【外介】你便是鬼三台且塗抹。

【末】適領部示元着你父子夫妻相認、如今彼

臨川詞若俱如水仙雙声子便北曲入室躋赤升堂矣

猜疑、不肯團圓救我、怎生復命、小姐先勸勸孩[illegible]

認了平章、成其美事、（旦作笑勸生介）相公你聽

了丈人罷、（生不伏介）丈人丈人還不認我女婿、我怎[illegible]

生好拜他做丈人、

【北水仙子】（旦）呀呀呀、你好差、（扯生介）好好好、點着[illegible]

你玉帶腰身把玉手叉、（生）他會打我桃條哩、（旦）拜

拜拜拜荊條曾下馬、（扯外介）扯扯扯、做泰山倒[illegible]

架、（指生介）他他他、點黃錢聘了咱、俺俺俺、逗寒食

喫了他茶、（指末介）你你你、待求官報信把嘴皮喳、

詩詣韓子才
令致苗舜賓
可謂有始有
卒

則吾天下做
鬼的有情誰
以咱今西廂
頓疊天下害
相思的都成
言眷屬又妨
學美若梁伯
龍浣紗記頓
笑天下擬夫
[illegible]

（指淨介）是是是是他開棺見柳、剗除罷。（指外介）爹爹爹爹、你惡下的閻殺俺女婿。（一小生冠帶捧詔上）聖旨已到、跪聽宣讀、奏章異、勅賜團圓、平章杜寶、進階一品、妻甄氏封淮陰郡夫人、狀元柳夢梅、除授翰林院學士、妻杜麗娘、封陽和縣君、就着翰林學士苗舜賓、即送章府第賜宴、衆喜、謝恩衆叩謝介、與小生相見（介）生獨謝小生（介）門生蒙老師賚助北遊得寒儒相逢、一蒙老師補考、僥倖榜首、如今受[illegible]

[illegible]詔而來使一家歡會並沐殊恩

末何以圖報 小生此皆天緣 下官何功之有

南雙聲子 眾合 姻緣詫姻緣詫陰人夢黃泉下 分大福分大劇堂在朝門下齊見駕真喜恰領[illegible]

間誥敕陰司銷假

尾聲 生 把牡丹亭夢影雙描畫 旦 虧殺你南枝挨

煖北枝花 生旦合 則普天下做鬼的有情誰似咱

[illegible]一折[illegible]者[illegible]而奏之[illegible]書夜乃今致牡丹[illegible]三十五折[illegible]覺十之八矣書懸[illegible]園錯人未[illegible]悉力撇頂而王名掌原本有五六五祈鼓号侮嚼臨川不智到[illegible]中看戲雖

紫釵記

紫釵記

紫釵記目錄

卷上

紫釵記目錄

卷下

原書此處缺葉

第卯折
謝釵
紫釵記
圖
三

棄之折
報元

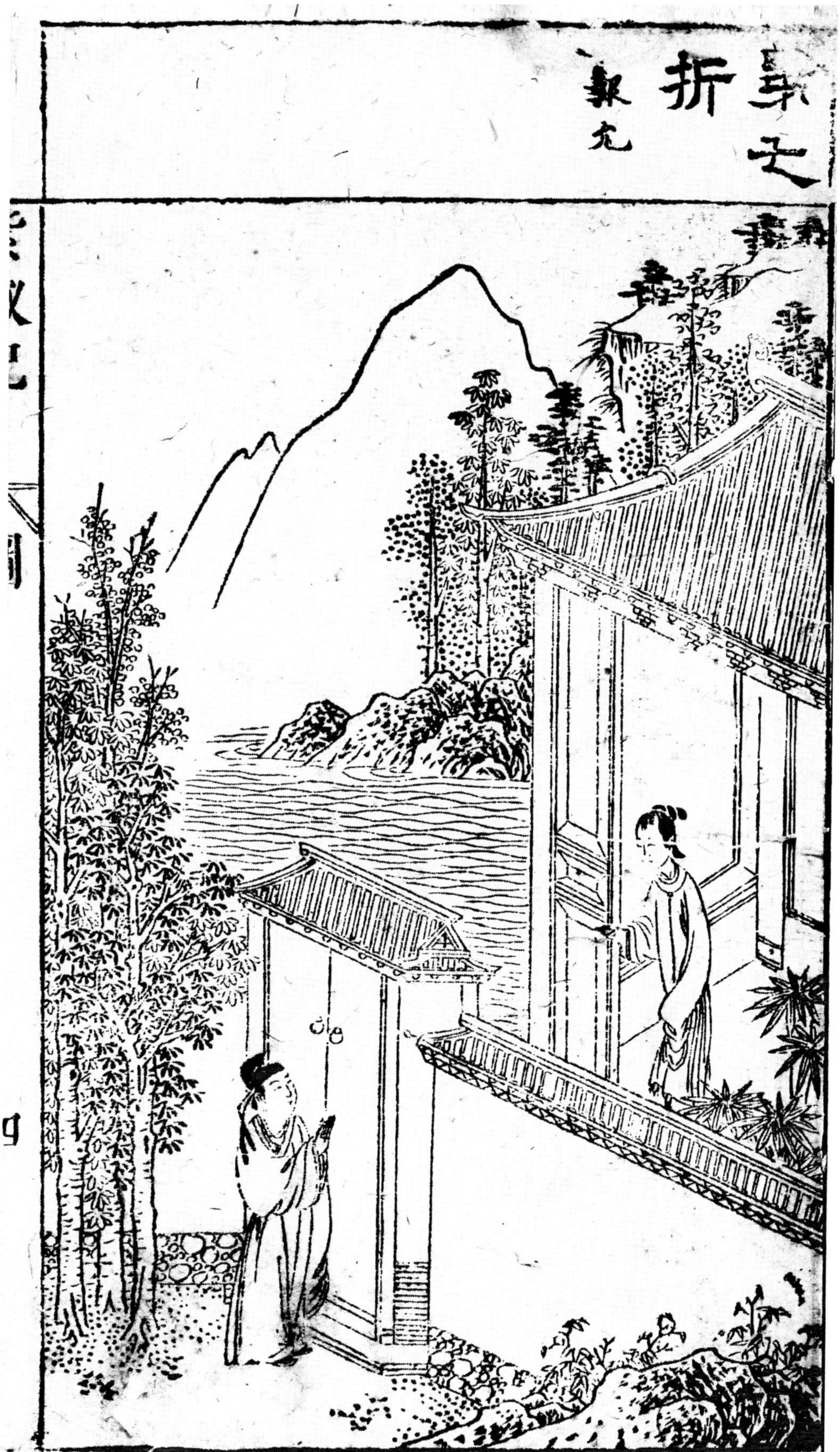

第八折

僕馬

紫釵記圖 四

第九折 合巹

第十折 竊霸

第十一折
試喜

第十二折 赴洛

第十三折
杏苑

第十四折
權嗔

第十
又折
榮歸

原書此處缺葉

第十九折
濟友

紫釵記　圖　十

第一十三折 還朝

叅幕

第二十五折 裁詩

第二十九折 猜寄

紫釵記 圖 二

第二十七折
勸贅
紫釵記
圖
十

第二十八折
強婚

第二十九折
賣釵

第三十折
泣玉
紫釵記
圖

第三十一折 撒錢

第三十二折　醉許

第三十三折
入夢

第三十折 遇俠

第三十五折
釵圓

第三十四折 宣恩

紫釵記 圖 十四

使上聲

紫釵記卷上

臨川 湯義仍 撰
吳興 臧晉叔 訂

開場

【西江月】（末上）堂上教成燕子。牕前學畫蛾眉。清歌妙舞駐遊絲。一段煙花佐使。點綴紅泉舊本。標題玉茗新詞。人間何處說相思。我輩鍾情似此。

【沁園春】李子君虞、霍家小玉、才貌雙奇。元夕相逢、墮釵留意、鮑娘媒妁、遂訂佳期。爲登科抗

綦平聲

強欺養切

壯、參軍遠去、三載幽閨怨別離、盧太尉設謀招贅移鎮孟門西、還朝別館禁持苦、書信因循未得歸、致玉人尋訪、罄其資費、賣釵盧府、潮惹猜疑、故友崔韋賞花議諷、纔覺風聞事兩非、黃衣客廻生起死、釵玉永重暉、

黃衫客強合鞋兒夢。　霍小玉窮賣燕花釵。

盧太尉枉築招賢館。　李參軍重會望夫臺。

第一折　述懷

【珍珠簾】生李君虞上十年映雪圖南運。輕豪俊。元

古去聲

秇即藝字

自守泥塗清困獻賦與論文堪咳唾風雲羈旅寬銷寒色裏。悄門庭報春相問。才情到幾分。這心期占今春似穩。

【青玉案】盛世為儒。觀覽徧等閒識得東風面。夢騎彩筆綻千花。春向玉階添幾線。　上書北闕曾留戀。待漏東華誰召見。殷勤洗拂舊青衿。多少韶華都借看。小生姓李名益、字君虞。隴西人氏、先君忝參前朝相國、先母累封大郡夫人、富貴無常。才、情有種。紅香秇苑。紫臭時流。王千服

過聲

過音道

家藏賜書、率多異本、梁太祖府充名畫、並是奇蹤、無不色想三冬。聲歌肆夏。熊熊旦上。連城抱日月之光。閃閃宵飛。嵩嶽吐風雲之氣。只是一件、年過弱冠、未有妻房、不遇佳人、何名才子、此來流寓長安、占籍新昌客里、今日元和十四年、立春之日、我有故人劉公濟、官拜關西節鎮、令日送別回來、恰逢中表崔允明、密友韋夏卿、相約此間慶賞、不免准備杯酒伺候、秋鴻那裏

丑扮秋鴻上、驚開酒色三陽月。喜逗花梢一信風。

崔韋二生登場各自述姓名庶使觀者了然知某色為某人也

酒已備多時了、

〔賀聖朝〕〔末扮崔上〕天心一轉鴻鈞。個中孤客寒驢。

〔小生扮韋上〕簷頭春信已爭新。鄉思怯花辰。

〔崔云〕自家崔允明是也〔韋云〕自家韋夏卿是也

〔崔云〕夏卿今早與李君虞相約、到他寓所慶賞

新春、此間正是、我等徑入、〔秋鴻報介〕〔韋〕喜氣來

千里。〔崔〕春風總一家。〔生〕宜春惟有酒。長此駐年

華。〔生把酒介〕

〔玉芙蓉〕椒花媚早春。栢葉傳芳醞。願花神作主。賭

二、此合處原本如條風拂水盡燕迎門句似非玉芙蓉本調今改條風乍引始當

催花信。靈沼凍釋浮魚陣。上苑陽和起鴈臣。〔衆〕鴻

〔合〕青韶印。看條風乍引。喜年年春色倍還人。

〔前腔〕〔崔〕祥雲正朔新。麗日長安近。向朝元共祝歲

華初進。〔韋〕洞庭春色寒難盡。玉管飛灰暖漸熏。〔合〕

春風鬢。被羣芳暗哂。對屠蘇偏讓少年人。

〔生〕二兒說少年人、似我李十郎、亦容易老也

〔簇御林〕歲寒交無二人。入春愁有一身。報開庭艸

樹青回嫩。和東風吹綻袖花襯。〔合〕問東君。上林春

色。採取一枝新。

以豪俠補入鮑四娘爲媒叙張本寔得關鍵

（崔）君虞說被東風吹綻袍花襯是說功名未遂要換金紫荷衣這也不難、聞得故人劉公濟節鎮關西、今年主上東巡未知開科早晚、你且相隨節鎮西行、此亦功名之會也、（生）豪傑自當發身青雲之上。未可依人。（韋笑介）允明兄不知這個是說衣破無人補。但此事須求一個人。（生）是誰、（韋）曲頭有個鮑四娘。穿鍼老手。央他一線如何。（生）不瞞韋兄、鮑四娘于小生頗有往來、（崔）才子佳人、必然停當、李云先問取碧桃芳信，只有託鮑之意，而崔韋又以酒冷香消促之，此曲体也。

前腔你染袍衣京路塵。望桃花春水津。（生）也要命哩（韋）你外相兒點撥的花星運。（生）也要錢哩（韋）內材兒抵值的錢神論。（合前）

尾聲（生）眉黃喜入春多分。先問取碧桃芳信。（崔韋）覷不的你酒冷香銷少個人。

（崔）漸次春光轉漢京、（韋）風流富貴是生成

（生）無媒雪向頭邊出　得路雲從足下生。

第二折　春遊

滿宮花前（老旦扮鄭六娘上）春正嬌。愁似老。眉黛

供去聲

不歡重提。碧紗烟影由東風瘦盡曉寒猶着。

【蝶戀花】誰剪宮花簪綵勝。整整韶華。爭上春風鬢。往事不堪重記省。爲花常帶新春恨。春未來時先借問。還恨遲。冷落梅花信。今歲風光消息近。只愁青帝無凭準。老身霍王宮裏鄭六娘是也。晚年供佛、名號淨持、單生下一個女兒名呼小玉。年方二八、貌不尋常、昔時于老身處涉獵詩書。新近請鮑四娘、商量絲竹、只因他愛戴的紫玉燕釵。老身已教內作老玉工侯景先、

浣音頑

侯景先献釵原在綿搭絮後不另標戴

雖緩還未送孫。令日新春天氣。不免領孩兒同去。觀望渭橋春色。浣紗、請小姐出來、

滿宮花 旦霍小玉上 畫日深簾人不到。眉畫遠山春曉。貼扮浣上 紅羅先繡踏青鞋。花信須催及早。

旦 母親萬福 老旦 孩兒免禮、旦 母親因甚有喚孩兒、老旦 新歲春光明媚、娘兒們向渭橋遊春一回、外扮侯景先上 新粧燕子鈿。金鈿舊試蟾蜍切玉刀。稟知鄭夫人、老玉工侯景先、雕鏤紫

以遊渭橋更
添一段春色
餘音除

𢡟[illegible]聲

玉燕釵（生）完。特此呈上。（老旦）叫浣取看（介）好匠
手也。以萬錢賞之。（浣謝介）琢成雙玉燕。酬賞萬
金趺。（下）（老旦）浣紗今日佳辰。就將西川錦翦成
宜春小繡牌。把此釵頭。與小姐插戴。浣作掛牌
釵頭與旦插（介）（旦謝行介）（老旦）氷破池開綠雲
穿天半晴。（旦）遊心不應動、爲此欲逢迎、
綿搭絮（老旦）繡閣凹岫。梅額映輕貂。畫粉銀屏寶
鴨薰爐對寂寥。爲系嬌探聽春韶。那管得翠閨人
老。香夢無聊。（合）几自裏暗換年華。怕樓外鶯聲到

暈音運
燕釵巧小玉珍愛之物故末句改入之
砉抽支切
詞中滿東郊等語皆摹寫春遊之盛而結云淡翠眉嚬鏡自描独不粧重本是贅去但與上拾翠句欠聯絡故易今句此等尚後不宜更作尾聲刪之

碧簫。

前腔〔旦〕膩痕宜笑。餘酒暈紅潮。昨夜東風。戶柳宜春勝秋飄。倚春朝。微困纖腰。正是弄晴時候。閣雨雲[illegible]。〔合〕淡雙雙紫燕。差池。點綴釵頭金步搖。

前腔〔浣〕個人年少。長是索春饒。纔下粧臺。欲步金蓮。出滑橋。滿東郊。紅紫相招。准備着詠花才調。閒柳情苗。〔合〕且和作閒行。暗東琴心未許挑。

〔老〕阿母凝粧十二樓。〔旦〕晰新春色喚人遊。
〔浣〕玉釵花勝如人好。〔老旦〕今日宜春與上頭。

殢音膩　殢酒愁春添香惜夜絕似周美成詞

第三折　詰鮑

【祝英臺近】（襟旦扮鮑四娘上）翠屏開。青鏡冷。長見數年華。行雲夢老巫山下。殢酒愁春。添香惜夜。獨自個溫存幽雅。

自家鮑四娘、乃故薛駙馬家歌妓也。折券從良十餘年矣、每蒙隴西李十郎往來、遺贈金帛不計。我看此生風神機調、色色超群、幣厚言甘、常必有故。想是托我豪門覓求佳色、我已看下霍家小玉、此女美色能文、頗愛慕十郎風調、只待

紫釵記 卷上 七

他自露其意、便好通言、道猶未了、李十郎早到、

生上

斜叶詞牙切
愔音陰

唐多令 客思繞無涯。前門近狹斜。愔愔巷陌是誰家。半露粉紅簾下。閒覓柳。戲穿花。

見介 生 翠宿香梢未肯消、與卿重畫兩眉嬌、新春羅黛無人試。付與東風染柳條。

生 四娘幾載相看、新春竊訪、爲何門庭蕭索至此、

鮑 聽我道來、

祝英臺 憶嬌年。人自好。今日雨中花。我也曾一笑

叅倉二切　嗟叶茲加切　踏叶當打切

千金。一曲紅綃。遊徧帝城豪家。參差。憔悴損鏡裏鴛鴦。早冷落門前車馬。〔生〕想你舊時聲價還在〔鮑〕這些時還說甚舊時聲價。

前腔〔生〕瀟灑正青春。長守寡有淚暗盈把。漸次芳華。欲步幽庭。索向愛卿閑話。〔鮑〕十郎你將時金帛見遺。無恩可報。倘有所委。妾當圖之。〔生〕堪嗟。瘦伶仃才子孤身。尚少個佳人縈架。問誰家可一軸春風圖畫。

前腔〔鮑〕知麼我也曾爲你高情。是處偏停踏。〔生〕可

詞中如啟帝城豪家處卿間話有淚聽盈把是處遍停踏於音調似拗而宜諧于唱當非臨川所知蘸知濫切三曲末句並佳

舁有麽、〔鮑〕這也是十郎緣分、有一個仙人、謫在下界、不邀財貨、但慕風流、如此色目、共十郎相當矣、有個二八年華。三五嬋娟。不比百姓人家。〔生驚喜科〕真假。你干打哄。蘸出桃源。我便待雨流巫峽。〔跪介〕這紅絲少不得要你老娘牽下。〔鮑〕請起來、說與你知、是故霍王愛女、字曰小玉、其母淨持、即王之寵姬也、王初薨、諸弟兄以其出自微庶、不甚收錄、分與資財、遣居于外、易姓爲鄭氏、人亦不知其王女、嬌姿艷態、事事過人

此尾亦可不用然鮑一言而使十郎色飛猶不能及小玉心乎故復云耳字界

音樂詩書無不通解、昨遣我求一好兒郎格調
相稱者、我具說十郎、他亦知有十郎名字、非常
歡愜、住在勝業坊三曲東宅是也、（生）可得一見
否（鮑）此女尋常不離閨閣、今歲花燈大放、或當
微步天街、十郎與一二知心密圖奇會、（生）領教、
（鮑）花燈之下你得見異人、老身便向十郎齋、
領取媒証、
【尾聲】（生）從今表白衷情話。（鮑）肯學兒還在他家。（生）
你成就我一世前程休當耍。

還在他家媒人套數自應如此

劉節鎮係外色且首折即有送別劉節鎮之語不應寥寥至第十九折始見故設寘第四不獨以此少休生旦之力已

（鮑）紫陌花燈滿曉塵。驚心物色意中人。

（生）北中景若無佳景。他處春應不是春。

第四折 出鎮

（西地錦）外劉節鎮末小生扮將官佩劍淨雜扮卒持刀丑雜扮卒執旗上 意氣鳳凰霄漢。身當虎豹雄關。坐擁貔貅三十萬。錦袍玉帶朱顏。

曉風蕭瑟獵旌竿。畫戟油幢劍氣寒。九姓羌渾隨漢節。六州蕃落拜戎歡。自家扶風劉公濟是也。叨承將種。慣擁兵機。初當寒北擒胡。今拜關

鈴音拚

可音克
曲本以中原韻為正兩董解元西廂高東嘉琵琶闇

西節制、日吉魁罡、走馬升帳、分付衆將官放叅〔衆將官叅見介〕稟拜賀、〔劉〕兒拜關西事、近日如何〔衆將〕聖日長輝邊塵不起、十分平安、漢家開四郡、斷匈奴右臂、大唐分界西羌、為大河西小河西二國、近被吐番鈴哄、生心兩面之羌、誠恐將來有妨邊計〔劉〕如此須當演兵征討〔衆〕領鈞旨演兵介〕

〔山花子〕〔劉〕大唐朝素號天可汗。河西臂斷呼韓問。何如參差吐番。怒冲冠。帶挺獅蠻。〔合〕點旌旗風傳

用詩韻詞韻後人因之遂至横出矣然寒山桓歡猶可强合而以古詩韻窠入先天音調尤為不叶聊改定二三字所謂去其泰甚者也

玉關。倚空同長劒天外山臨風笑把星宿彈管取雲臺圖畫容顏。

（劉）衆將官、這關西鎮、少個參軍、如今吐番爭戰河西、軍書冗急、我已寫下表文、請一位新科翰林來作軍咨。兼爲記室。即河西一軍旌旗生色矣。（衆應介）是、

（前腔）（衆）長鎗隊裏也要毛錐站。軍咨記室優閒羽書飛奏檄凱還。須詞鋒筆陣瀾翻。（合前）

（尾聲）轅門鼓角鳴天半。這勳業仗誰匡贊。試看取

原本月第四 [illegible]並折以非 [illegible]奇聞要聯 [illegible]戲舊稿入 [illegible]又增者 [illegible]藕松間 [illegible]淨副淨 [illegible]丑小丑 [illegible]八梅美 此[illegible]自老旦

投筆新叅定遠班。

（劉）大將從天捲陣雲。虎符初出塞西門。

（衆）叅謀到日飛書去。定報生擒吐谷渾。

第五折 觀燈

〔老旦同旦浣同上〕笙歌世界酒樓臺。雞踏蓮花萬樹開。誰家見月能端坐、何處聞燈不看來、今夜上元佳節。蒙聖旨點放花燈。許士民通宵賞翫浣紗、你可伏侍小姐、和我同步天街賞翫一回去來。〔內吹打叫好燈介〕〔老旦旦浣行看介〕

而下一用九人更為子孫仕女縱觀燈火恐非倉卒可辦故直用老旦引旦貼上而内作以鼓吹稱賞生不登場矣此處即用黄衫客點綴好為借人馬張本

儍 商鮮切

邪 叶詞牙切

原本此折首生崔韋唱鳳

【園林好】〔合〕謝皇恩燈華月華。謝天恩春華歲華。徧寫着太平天下。遨頭去唱聲嘩。遨頭去唱聲嘩。

【前腔】〔外豪士黄衫燕淨扮僕人引馬丑雜隨從上〕本山東儍。長安儍家。趁燈宵遨遊俠邪。聽街鼓幾更初打。〔内叫介〕前面好漢。是甚姓名。人高馬大遮了我們看燈路兒。〔豪士笑介〕問俺姓名。黄衫豪客便是。說遮了路。雛們、帶轉馬。俺去了也。迴馬去玉鞭撾。迴馬去玉鞭撾。〔下〕

【前腔】〔生韋崔上〕說花燈南天門最佳。看香車隘挑

鳳閣引子上今用老旦曲改爲前腔方合作
老旦等虞上旦見生驚避墜釵始覺有情
起二句既不叶調中文多

籠絳紗喝道轉身停馬。塵影裏是誰家。塵影裏是誰家。【下】

【前腔】老旦同旦浣再上 絳樓高流雲弄霞光瀲灔珠簾翠瓦小立向迴廊月下。閒嗅着小梅花。閒嗅着小梅花。

丑弄雀上【老旦衆驚下】旦落釵做回顧搊髻介 下

【生】二兒勝業坊來的、可是那人眞爲奇艷呀、兀的不是梅梢上掛釵。斷現的墜地也。

【江兒水】則道月掛梅枝瘦。原來是釵橫燕尾斜。眼

一句臨川特妙然合處手拈玉梅低說偏咱相逢是這上元時節佳甚亦非臨川不能道也

見得那人兒這搭遊還歇。把紗燈半倚籠還揭。紅糚掩映前還怯。【合】手撚玉梅低說。偏咱相逢是這上元時節。

【浣挑燈照旦上】小姐、老夫人歸去了、咱尋釵去

【來韋】那人來尋釵也。我二人且往前面看燈去。等李兄好和他講話。正是與人方便、自已方便、

【下旦尋釵科】這釵分明掛在梅梢之上、怎就不見了、

【前腔】止不過紅圍擁翠陣遮。偏這搜梅梢把咱栢

原本是何衙舍下有美嬌娃遣得吹簫與等字非南曲所常用故改之

挫徐貨切

攔拽。作避生介。怕長廊轉燭光相射。生做見介。旦怪檀郎轉眼偷相撇。生笑介。小娘子敢是尋下釵哩。旦可是這生拾得。合前

【玉交枝】生是何衙舍。敢天緣相逢月姐。浣是崔玉小姐。生奇哉奇哉。就是小玉姐麼。浣便是。生小生慕之久矣。因何獨行到此。浣來尋墜釵。生你步香街不怕金蓮挫。總為這玉釵飛折。浣秀才可見釵來。生釵倒有。請與小姐相見。自有話說。浣低說介旦這怎使得。且問秀才何處。生隴西李益。表字君

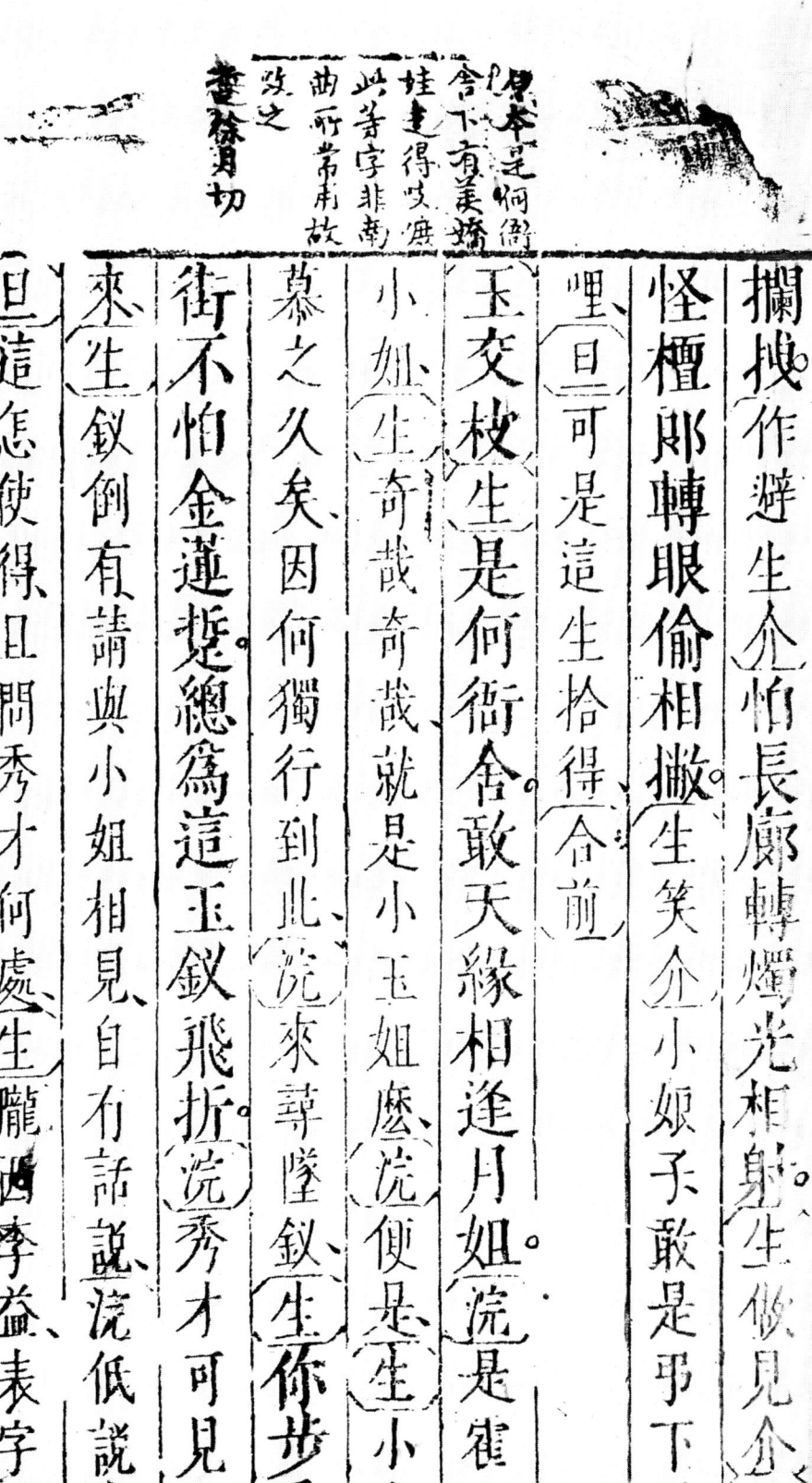

豈能無今傳語也

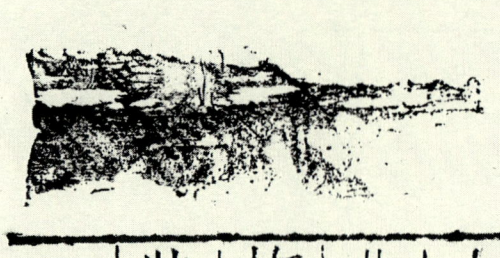

虞、排號十郎應試來此、【旦作覷微笑介】鮑四娘處聞李生詩名、使我終日吟想、乃今見面、不如聞名、才子豈能無貌、【生作聽徑前相揖介】小姐憐才鄙人重貌、兩好相映、何幸今宵、【旦羞避介】釵喜落於此生之手、掠新粧燕尾鈿中墮。到檀郎袖口是這梅梢惹。浣紗叫秀才還我釵去、【合】怕燈前孤單這些。怕燈前孤單那些。

【生】請問小姐侍者、我李十郎孤生二十餘年、未曾婚娉、自分平生不見此香奩物矣、何幸遇仙

至交枝十俱有今各刪至玉樓共犯清

月下拾翠花前梅者媒也燕者于飛也便當齎

此飛瓊。用爲媒采。尊意何如、浣惱介 書生無禮、

怎便見財起意這等胡說小姐老夫人候久且

自回去也不怕他不送這釵來還我、

川撥棹簫聲咽和。催歸玉漏徹。旦 爲多才情性驕

奢。爲多才情性驕奢。沒些時月輪早斜。合 作相逢

歸去也。作相逢歸去也。

旦作回顧介下生弔場奇哉奇哉李十郎今夜

遇仙也崔韋上云 十郎可正是那人麽生 眞異

曰曲乎場第
曰直削去脈
一作尾声為
已纔來贖之
方得前後
照應法

人也、但可惜鸞影催歸。燕釵留在。教小生如何回去。【韋云】此天緣也、十兄、你明早就將此釵、專免鮑四娘特去求爲聘定、必有好音、

【尾聲】【生】就中心事分明說。怎發付小生去者。【崔韋】

【合】只願你早遂佳期。趁此好燈月。

【生】燈前月下會眞期。【崔】却似雲英初見時。

【韋】莫道寶釵非玉杵。【合】定教千里繫紅絲。

第六折　議釵

孝裕折令

【海倖】【旦上】薄粧凝態。試暖弄寒天色。【浣】是誰向殘

新是曲中虛
反……

白……

此出散套群
乃絶錦鮮嚴
丁不多見以
其難唱也且
合處幾當曲
之〻有浣紗

燈澹月。仔細端詳無奈。

〔應天長〕〔旦〕燈輪細轉。月影平分。笑處將人暗認。曾半倚紗籠手撚。隊釵閒借問。〔浣〕誰解語春相印。怯邂逅。誤成芳信。人影散獨自歸來。凭闌方〔旦〕浣紗。那拾釵人何處也。

錦春從繡戶排門。向梅花白。花隨玉漏催人赴金釵會。試燈回。被疎影橫斜。橫斜處。把燕釵粘帶。釵釵跟尋的快。是何緣落在秀才。好一個秀才。秀才拾得在。〔合〕單飛了這股釵。配不上雙飛那釵。

佐之足矣者共一曲今鮑唱臘上更覺緊嚴
刻叶楷上聲
臘與不是路本西調而崑山海鹽點板各得其一字帶以語黃數然拘於時忠竟不能從也今臨川入賺與琵琶句法長短不同而接前曲又不合調故特改

乍相逢怎擺那拾釵人擎奇擎奇得歡歡喜喜瀟瀟灑灑悶得咱煩煩惱惱懨懨害害總爲那春宵半刻

賺鮑上昨夜天街昨夜天街怎偏是書生拾墜釵倒將去爲媒采不知娘行可也解憐才內作鸚哥叫云客來客來旦同浣上好驚猜無端影動湘簾帶怨聽鸚哥報客來忙趁待看堂前有甚金釵客見介旦呀原來是鮑四娘潑潑迎拜

鮑作看旦鬢介云郡主你平時最愛這紫玉燕

此若下板當以崑山暗憶秦樓爲得

色叶歸上聲

釵今日緣何不戴〔旦〕偶然無心戴他〔鮑〕那手釵是單了一枝〔旦〕怎見得他就單了〔鮑〕我說他單便單我說他雙便雙只憑你心下〔旦笑云〕這等四娘你說了雙罷〔鮑云〕却原來且問你緣何此釵落在那生之手

雪獅子〔旦〕燈花市月華街月痕暗影疎梅愛清香小立在廻廊外花枝擺花枝擺把燕釵懸在天付與那多才〔合〕單飛燕也釵雙飛燕也釵雙去單來單去雙來可似繞簾春色還上我玉鏡粧臺

原本此下有隔尾並北曲南呂調也高曲從省删之

前腔（鮑）燈如畫人似海偏他們拾取奇哉這觀燈十五無人會便揉碎便揉碎梅花少不得心兒採多則是眼兒乖（合）明題起也釵暗題起也釵明去暗來暗去明來可似繞簾春色還上我玉鏡粧臺（鮑）可知你說着玉鏡臺正是李郎要將此釵來求盟定（旦）那生畢竟門第何如才情幾許怎生弱冠尚少宜人（鮑）若論此生門族清華少有才思麗詞佳句時詞無雙先達丈人翁然推伏每自矜風調思得佳偶博求名閣久而未諧（旦）原

原本鄭夫人與鮑皆有宜春令據帶兒二曲今並刪其一
榻叶湯打切

來如此此事須問老夫人△浣老夫人有請

一翦梅老上霧靄籠葱貼絳紗。花影窗紗。日影窗紗。迎門喜氣是誰家。春老儂家。春瘦兒家。

呀原來是鮑四娘到此△鮑老夫人、你道妾身今日為何而來、專為隴西李十郎來求郡主親事

老小女雖稚之年、懸未曉成人之禮、聽我道來

宜春令兒年小。我髮華。論從來女生外家眼前怎捨。便得個成龍婿客來招嫁。起西樓準備吹簫展東床留教下榻。誰家養女兒的尋思似咱。

此下有旦一剪梅引子上不知旦於何處下場、一大憒憒

羞人喚做渾家此諧語也

那人何如 〔鮑〕

〔前腔〕才情富年貌佳。李十郎隴西舊家。金枝堪借。管碧梧棲老鸞停駕。將雛曲畢竟雙飛。求凰操看他聽馬出〔釵介〕只他待把這一股玉釵留下。

〔老旦〕婚姻事須問女孩兒情願、我也不好做主、〔問旦介〕兒鮑四娘來與隴西李十郎求親、你意下如何〔旦〕說他則甚、

〔繡帶兒〕知麽、掩春心。坐羅幃繡榻羞人喚做渾家。想仙姬不是蘭香。笑漁郎空問桃花。非誇冰清到

搭叶音打 原本浣紗有太師引二曲今併為一 刮叶音寡 [illegible] 恰叶強雅切

底無別話。守定着香閨這搭。娘和女怜傳可嗟乍。形影相依。怎生撇能。〔鮑〕送釵老旦看介〔老〕呀這釵是小女香奩中物何因得在他處、〔旦〕作羞介〔老〕問浣這是怎的、來。

〔太師引〕〔浣〕元宵夜放了觀燈假。轉廻廊梅疎月華。臨去也墜釵斜掛。急尋着被他翠袖籠拿。〔老旦〕便是那李秀才麽〔浣〕那書生不怕偏絮聒。我小姐有些嬌恰。〔老〕那生說甚來、〔浣〕他說青春大、曾無室家。

法叶方雅切

二曲起語皆予所改自謂勝臨川

原本鄭夫人與鮑俱有二學士曲及尾

〔老〕這時小姐怎生回答他〔浣〕我小姐好說甚的、剛則是一笑相逢。這些緣法。

〔三學士〕〔旦〕這是我不合向天街事遊耍。見他不住嗟呀。背紗燈暗影蛾眉。畫掠雲髻分開燕尾斜。〔合〕猛可的定婚梅月下。認相逢一笑差。

〔鮑〕老夫人、這親事只合早成就了罷、

〔前腔〕這都是明月春燈相襯搭。似桃源流下胡麻。眼見得乘龍一騎青絲馬。配上了揷燕雙飛綠髩鴉。〔合〕便可也定婚梅月下。好姻緣一世誇。

羣並删盖曲辭尚詞藻而戲不厭冗長此不可不知也

人在春風喜氣多自佳原本有生鶯集御林春四

（老）片語相投拾釵爲定天也天也

（鮑）偶語風前一笑深。（老）月中人許報佳音。

（旦）着意栽花花不發。（浣）無心插柳柳成陰。

第七折 報允

（懶畫眉）（生）做行上碧雲天外影晴波。看罷花燈景色和。也是我有緣得見那仙娥。料得他口兒不應心兒可。（內）做鵲噪介（生）好彩頭喜鵲噪哩。却不道人在春風喜氣多。

（如夢令）門外香塵正度。窗裏星光欲曙。客舍悄

犯黃鶯兒各二曲並刪去直用鮑四娘懶畫眉點竄數字作生行皆覺勝

合兩哥上聲

無人。夢斷月隄歸路。無緒無緒。搖漾燭花人語。

我李十郎爲霍家親事、特覓鮑四娘做媒將所拾紫玉燕釵、求爲聘禮、不知那小姐可肯成就這椿喜事否、不免再到鮑家、訪一個端的做叩門介鮑四娘在家麼、怎麼沒人應、又叩介鮑上叩門的是那個

【前腔】曉鬟偷出畫雲窩。傳粉人才艷綺羅。問介是誰、生小生、見介生有勞四娘、那事諧否、鮑果然是曹家門第識人多。湊的個釵頭玉燕天和合。成就

那挪去聲　捻音輦　嚲音朶　閣叶哥上聲　娜音挪　奪叶音多　合叶音何　覺叶音戈

你玉鏡臺前畫翠蛾。【生】那人真個如何【鮑】我去時逢他睡起【醉羅歌】只見睡覺睡覺嬌無那。梳洗梳洗着春多。露春纖彈去紅粉汗。半捻春衫嚲。香津微搵碧花凝唾芙蓉暗笑。碧雲偷破。春心一點眉尖閣。休唐突甚婸娜。書生有分和他麽【生】多謝四娘揖介【前腔】停妥停妥有定奪。歡偉歡偉早粘合。拚千金買得春夜呵。受用些兒。個傷春中酒。輕寒自覺。人兒共枕春宵暖和。笄花星捱的孤鸞過。三朝後五日過。十紅拖地送媒婆。

【鮑】十郎、花朝日就好成親只是你忒寒酸那樣人家、少不的金鞍駿馬、着幾個伴當夫、方纔好看、【生】領教領教、

尾聲自恃得一品人才真不錯。【鮑】趁風光俊殺你個今閣。還辦取拭雨粘雲半幅羅。

【生】月姐釵頭玉　冰人線脚鍼、

【鮑】傳來烏鵲喜。　占得鳳凰音。

凡尾声接緊板之後方與調叶故有介〻者不宜更作尾聲使臨頭腰板無以下拍如此曲後便可用叢塲詩亦有尾者直為拭雨粘雲之句不足賫耳非正渊也

弱叶穰播切

原本有崔韋借人馬第九折今併爲一又刪鮑四娘與書第十折何等清楚

第八折　僕馬

〔秋鴻上〕小人性愛秋鴻、身居奴僕廝官、從後脫了主顧、以前布下春風、自家秋鴻便是、只因人物粗通、供事李郎、客中一年半載、好不乾淨、如今配上霍家小姐、他是王府人家、少甚麼丫鬟供數、料得東人念舊、自然把我秋鴻也配上一個、可不是做下春風、落得夏雨、這都不在話下、昨日相公着我轉央崔韋二相公、向豪家借人借馬、榮耀成親、少不得奴要白飯馬要青芻、

秋鴻就想上
浣紗亦昇趣

已准備停當只是這時分怎麼還不見到來
不顧氣了也（淨扮　牽馬雜持衣服上）白面
兒郎宜駿馬。洞簫才子借髯奴。昨有崔韋二先
生借俺豪家人馬與隴西李十郎到人家成親
去這是他寓所不免高叫一聲（叫介）鴻好人
馬到了只是馬少一匹（淨）元只要得一匹（鴻）我
家官人郡邪家主兒我也同這吉日配上那家
一個俊了頭因此還要一匹（淨）好觜臉纔脫了
人騎就要馬騎（生上）（鴻）且看你馬馬生得再看

秋鴻與爭等
謔才亦不才
步

勝以書府

人〔作笑科〕原來你前身也是馬、〔淨〕怎見得、〔鴻〕馬
翦騍人也翦騍馬、老了黑、你臉也黑、可不這馬
是你的前身、〔淨〕惱〔介〕你家借馬借人、白飯青芻
不見些兒、倒來罵我、好打〔丑打介〕〔崔上〕
小蓬萊春意漸回沙際。風流長聚京都。〔韋上〕城南
韋曲。博陵崔氏。瀟灑吾徒。
〔淨見介〕崔兄勞動你、我們同入去、
翫仙燈〔生上〕擇吉送鸞書。儘今夜孤眠坦腹。
〔見介〕世情貪點染。人事看施爲。〔崔韋〕人馬一時

曲中止段一二字不叶韻者分唱之法亦自是矩　玉叶于句切　阿何哥切

俊。門戶有光輝。〔淨〕雜叩頭介〔介〕請相公看人馬何如、〔生〕好馬好人、〔淨〕敢問相公往那一家去、〔生〕云是勝業坊霍王府、

〔孝順歌〕招鴛侶。配鳳雛。借桃花好馬光戶閭。闘色紫茸鋪。壓胯黃金鏤。〔崔〕真飛香紅玉。稱兩袖風生。一鞭雲路。阿對前頭。有幾個人兒護。〔生〕你們到他家、各應要放精細些、〔合〕須精細莫放粗。那人家多禮數。

〔淨〕這不必分付、

鞴音備
轡音配
騕音杳
褭音鳥

【前腔】你是名家子。冠世儒。這馬呵。配春風美人擡畫圖。俺豪門體態姝。風流慣相助。【秋鴻】我家相公僥倖哩、跨金鞍駿駒。擁綠韉蒼奴。到瑣窗窺處。擿的個醉倚東床。坦露王郎腹。【淨】只一件馬要好料、人要好酒、便是相公也要多喫些、大家掙出精神來、【合】和你高擎鑾。轡叫呼。顯風光賽尋俗。

【生】多謝、今夜且安歇、明日早去、

【生】雕胡人當酒、　堇薦馬爲芻

【崔】坐憑金騕褭、【韋】走置錦流蘇、

原本旦生鮑有鵲橋仙三引又旦有掉角兒尚從刪

紫釵記　卷上　二十三

第九折　合巹

瑞鶴仙〔老旦上〕有女正芳妍。繫綠蘿千里紅絲一綫。〔鮑上〕春深景明媚。正玉漏穿花。金屏合箭。〔合〕芳信。呢喃早則是玉釵歸燕。關心兒女齊眉夫婦。今日如願。

〔見介〕〔老旦〕今日花朝吉辰。多謝四娘將小女招贅李郎。這早晚。李郎敢待來也。浣紗。昨日分付你叫的儐相。可來了麼。〔末扮儐贊上〕來了。色與禮孰重。新郎色上緊。禮與食孰重。小子食上。

丑淨桃家等白頗可解頤而評家有目爲惡諢者所謂知聲而不知音甚人是也

堂上唱禮只好觀、床上唱禮偏好聽、（鮑）床上怎生唱禮、（賓）俯伏、鞠躬、跪、一般、興不唱興、唱做興、（老旦）時辰到了、賓相可請新郎到廳行禮（賓）念

介

寶鼎現　生上　玉驄鞭彈。正綺羅門戶。笙歌庭院。冉冉飛絳臺雲細。深深處繡簾風軟。（浣扶旦上）且喜玉釵雙燕穩。還似玉梅初見。（合）對寶鼎香濃。芳心暗襯天長地遠。

（賓贊云）拜天地、天地交、通泰、水火旣濟今年

臨川爲曲最
不長於打諢

生個小蒙童、明年生個大歸妹、（拜介）（賓贊）拜老夫人、拜謝金王母、領取碧霞君、今年封內子、明春長外孫、（拜介）（賓贊）云夫妻交拜、今日成雙後、富貴天然偶、一個附鳳攀龍、一個覵雞養狗、飽諢介好個士家婆也、（賓）新郎新人請就位、人從叅見秋鴻淨雜見介（鴻）秋鴻叩頭、（老）那些人從、都是李家的麼（鴻）不是李家是桃家、（老）怎麼是桃家（淨）豪家、（老）好、原來李郎豪家子也、馬可是李家、（鴻）不是李家是桃家、（老）怎生又是桃家的、騎。【生】不是燕家馬，是桃花馬。【老】奴正是桃之夭夭。浣紗，請這賓相一班騎從，別館筵宴。【淨】喇側喫酒去。戶外碧潭春洗馬，樓前紅燭夜迎人。【下】

【老】看酒。【生】小生還有藍田白玉一雙，文錦十匹，少致承筐之敬。【老】浣紗領下。李郎素聞才調風流，今見儀容雅秀，名下固無虛士。小女雖拙教訓，顏色不至醜陋，得配君子，頗為相宜。【生】謝介拙鄙庸愚，不意顧盼，幸垂采錄。生死為榮。【生】把酒介

原本有旦與老旦二曲今併爲一手衆合唱一曲則自去之

錦堂月繡幞紅牽。門楣綠蓮。春色舊家庭院。煙霧香濛。笑出乘鸞低扇。似朝陽障袂初來。向洛浦淩波試展。合神仙眷。看取千里佳期。百年歡讌。

前腔旦幸然。王母池邊。上元燈畔。縹緲銀鸞映現。一飲瓊漿。藍橋試結良緣。老旦倚青鸞玉鏡粧成。對孔雀金屏中選。合前

醉翁子鮑堪羨。好韶華把紅絲纏繞。怕蟾宮桂晚。洛陽花賤。生喜不淺。似底樣深恩。何處春光買翠鈿。合持杯勸假。記取月下花前。玉釵雙燕。

此前別有一曲亦刪

顫音戰

尾改原詞二句而以鄭夫人與鮑合唱是做法且可省落場詩

【前腔】旦開辨畫眉人、蘸筆花飛硯池、三星在戶。五雲低殿。老旦如願穩倩取鸞封、一對夫妻晝錦圓。

【合前】

淨扮使女提燈上生旦小旦同行介合唱

【僥僥令】顏酡春暈顯。花月好難眠。無奈丹轉銀壺催漏悄。翠袖影鬢偏待曉天。下

【尾聲】老旦鮑合流香錦帳歡聲顫。似一對嬌鸞乳燕。也不枉受用文章花月仙。

鮑謝云多擾了、今晚告回明蚤容來脩賀、老旦

此是第二十七折曲也。今段試書前。使生旦不至太勞。是串戲法。

邏羅上聲

極是簡慢、夜色已深、就在寒家草栅、不要回去、

第十折　竊霸

【點絳脣】淨扮吐番將上生長番家。天西一架撑犁大。說甚中華。番帳裏收千馬。塞外陰風捲白蘆。金衣琵琶氣豪粗。邏婆一望無邊際。殺氣飄番小拂廬。自家吐番大將鈐哄是也。脩吐番熟路、穿心七百餘里、生羌殺手、二十萬人、横行崑崙嶺西、片片雪花吹鐵甲、直透赤濱河北、雄碓星術立鎖刀折、有小河西大河

舊本上有水底魚兒引句字與此甚不合調不若仍用相沿舊曲為穩

野竹齋雅

西二國原屬俺吐蕃部下、可奈近日唐憲宗皇帝、與俺相爭、要彼臣伏、那大河西出葡萄酒、小河西出五色鎮心瓜、正好撥擾時節、不免聚集把都們號令一番、把都們何在、外末小生貼旦扮番卒唱上見介番將、俺國年年收取大河西國葡萄酒、小河西國五色鎮心瓜、如今正是時候、點起部落們去搶他一番、衆應行介合唱

清江引皮囊氈帳不着家。四面天圍野。漢兒防甚秋。塞草偏肥夏。一弄兒把都們齊上馬。

辣叶那架切
殺叶雙鮓切

〔衆作嗅香介〕

〔前腔〕葡萄酒熟香打辣。凹鼻子寒毛乍。醉了咬西瓜。透心涼快殺。趲行程番鼓兒好一會打。

〔淨〕初夏草生齊。番家馬正肥。

〔衆〕射飛青海上。傳箭玉關西。

〔衆唱〕趲行程句轉下

第十一折　試喜

〔阮郎歸〕〔生秋隨上〕綠紗窗外曉光催。[illegible]〔旦〕下蛾眉。

〔旦浣隨上〕起來含笑坐屏幃。倚新粧半响嬌橫翠。

原本生旦有探春令到鶯啼序曲並刪

照石去聲

見介旦學畫娥眉翠淺濃。遠山春色在樓中。生須臾目射腮暗頰一刄紅酥旋欲融。小姐初見你時一室之中若瓊林玉樹交枝斂映轉盼之間精彩射人聽你言叙溫和詞旨婉媚解羅衣之際態有餘姸到得低幃暱枕極甚歡愛小生自忖巫山洛浦不如也旦含笑云惶愧惶愧生我有友人韋夏卿崔允明約來相賀須是酒餚齊備旦已分付浣紗備下多時了也

鵲橋仙崔上紅壁窺鶯。銀塘浴翠。着處目成春意。

原本生合云纍手指鬟嘴溜釵赤子不

韋上秦樓簫史鳳初飛。望雲氣十分濃媚。

（秋）門外有人說話想是崔韋二相公來也（崔韋進見介）正好正好請新郎新人賀喜（拜介）（崔韋）筆花新展畫眉才。仙女吹笙學鳳臺。（生旦）天上忝成銀漢匹。人間偏喜客星來。（生）看酒（浣將酒上生）香聞舊酒。熟客見新人。（酒到）（生旦把酒介）

玉山頹（生）畫堂客至。整襟裳鸞鶴低飛。銀蒨上絳燭流輝。寶爐內篆煙沉細。（旦）舊遊新喜。恙。教鬧羞眉相對。（生合）料得難迴避。捧金杯。倚郎掀拜覺嬌

知其謂姑改之以諧旦耳何如

玉山頹原本四曲今刪其二

凝。

前腔（崔）露華朱邸。自生成玉葉金枝印。春山半暈新眉。破朝花一條輕翠。（韋）畫粱初日。總一片美人雲氣。（崔韋合）世上能多麗。是便宜尋常花月遇仙時。

（崔）小分一言。君虞既習王門、賦花坐錦、郡主宜效樂羊之織。助成玄豹之文。休得貪歡有羈大事、（韋）此言淺爲有理、須不是老學究輒敗人意、

朱奴兒（崔）好男兒芙蓉俊姿。傍嫦娥桂樹寒棲。（崔）供

原本合云書齋樓香裝齋名與朱奴兒調不合今改正

婚姻簿二句已窺破李郎心事矣

願郎腰玉帶圍休只把羅裙對繫。(合)穩情取花冠紫泥終不負題橋志。(外)聽得人說京兆府早晚起送舉子赴選須打聽個的確不要錯過了好事(生)這等你去秋應下旦二君在上李郎自是富貴中人只怕富貴時撇了人也。

前腔婚姻簿是咱為正妻怕登科記又塡了別人名氏。(崔)十郎不是這樣人(生)用後香囊半尺縧做得薄情夫壻。(合前)

君虞絕無情　小[illegible]

（韋）李兄我們同居逆旅、不意今日你倒有了鳳凰巢、只我二人居然窮鳥、如何活計、（崔）若有小爺在此、從容圖之、

【尾聲】（旦）秦樓幸得招佳配、（生對崔韋介）早難道把故人輕棄、（崔韋）也可惜我窮鳥無林何處依、

（韋）客貧新婚飲半酡。（崔）勸郎遠志莫蹉跎。

（生）酒逢知己頻添少。（旦）話若投機不厭多。

第十二折　赴洛

（秋鴻上）日暖鶯聲麗。風輕馬足先。主人能及第。

總本齣第十五折寫生旦盟香而作本傳中勝事但此後赴洛策歸俱生旦上場不若改入餞別折以存烏絲之摺亦一法也

童僕也登天。昨日京兆府有人來報說天子留幸洛陽開科選士、京兆府、長安縣、單起送我家相公赴選、今日色已過午了、相公還和小姐安睡、尚未起身、如何是好。不免喚浣紗、催他起來、〔叫介浣上〕叫我怎麼。〔鴻〕京兆府差人催相公應試、等了一早起。我只得回他去了、你快些請相公起來、我自收拾琴劍書箱去也、〔下〕〔浣〕正是才子功名易。佳人離別難。相公小姐有請、

十二時〔生同旦上〕何事春草草、正銷凝未了。〔旦〕燕

李郎入贅霍府身有赴選之事而不辭鄭夫人者乎臨川老作手何幽慕乃爾

爾歡遲。鸞班赴蚤。（合）枕屏山夢斷魂遙。強起愁眉翠小。

（生）銀瓶瀉水促朝裝。淚燭紅銷影曙光。（旦）却怪滿身珠翠冷。無人偎暖醉紅鄉。（生）小姐、我和你成親幾日、不意聖駕行幸洛陽、就彼中開選、郎今要赴京兆府起送、離則半月之別、亦自牽人愁緒、如之奈何、（旦）功名之事。丈夫所重。怎好留戀。郎今日便當與郎暫別、浣紗請老夫人出來、

（浣）老夫人有請、

此以黃鶯兒單曲分鄒表人唱他行了一樁前件

生查子【老旦上】綠綺鳳凰絃。正爾和鳴好。底事爲功名。翻作陽關操。

【生旦見介】【旦】今早京兆府差人、催李郞赴試、稟過母親、就要送李郞應選去矣【老旦】據李郞才貌、自當一舉登科、與我家光顯門戶、小姐你可親奉一杯以餞行色、專候泥金之報便了、【旦】浣紗取酒過來【浣】酒在此、【旦送酒介】

黃鶯兒紅淚濕天桃。乍驚回雲雨朝。桃香二月春雷早。【老旦】雲橫樹杪。雨餘芳草。畫眉人去章臺道。

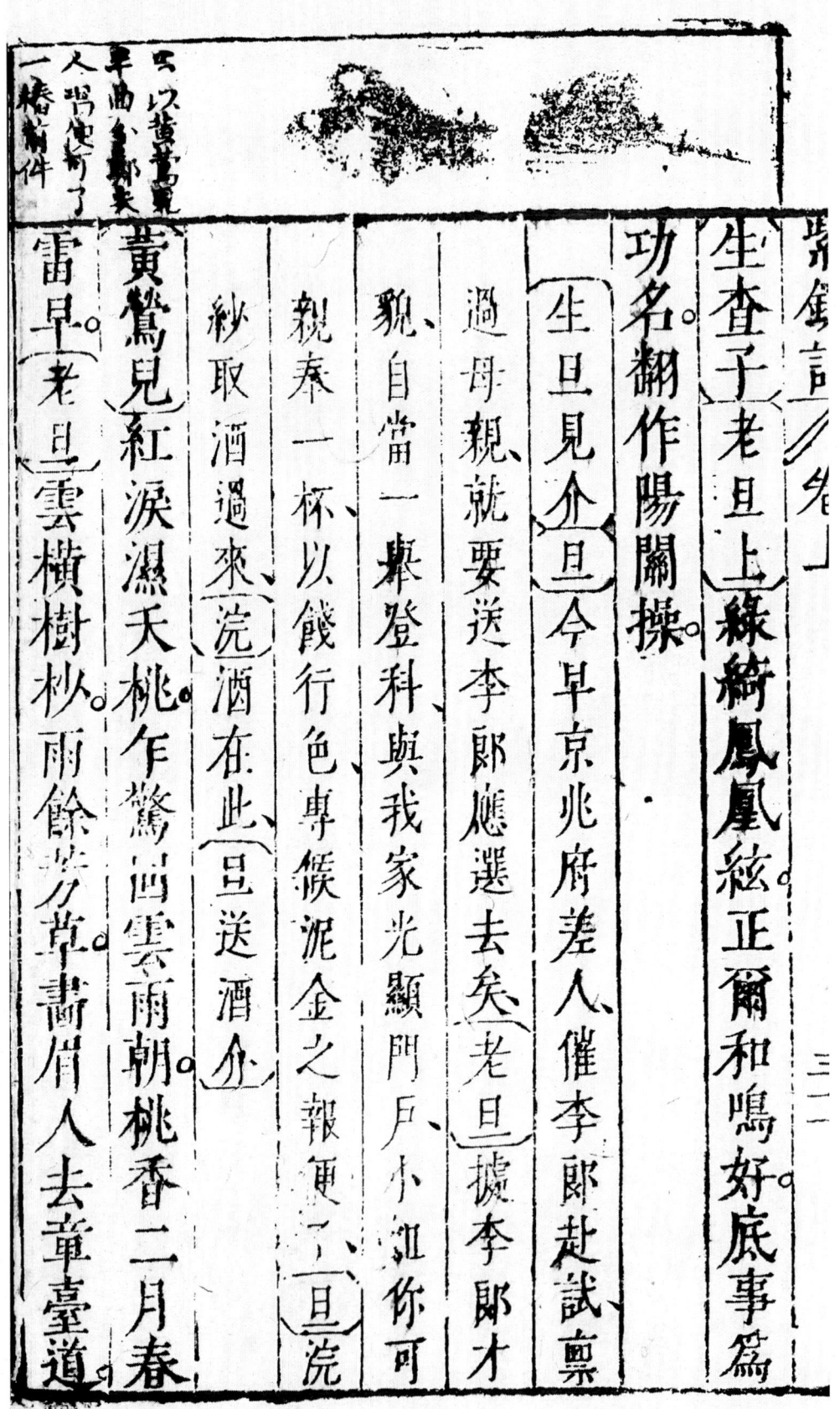

郎夫人先下使旦與生別方有做法

橈音饒猫兒墜曲無

〔合〕望迢迢。金鞭惜與。誰分玉驄驕。

前腔〔生〕休恁泣紋綃。爲朝陽停鳳簫。爽龍人試把龍門跳。〔浣〕向黃金榜標披香殿。朝洛陽才子爭年少。〔合〕望迢迢。歸來携手。衫袖御香飄。

〔鴻上〕京兆府已送船在渭橋河下、專候相公起行、〔生〕既如此、小生就此告辭了、〔拜介〕〔老旦〕小姐與李郎再送一杯、我打發秋鴻先送行李下船去也、〔同秋鴻下〕〔旦〕再送酒〔介〕

琥珀猫兒墜〔旦〕渭河春水。偏不駐蘭橈。多少愁心

一句入調者或謂予好改竄以掩人美亦惟臨川能諒之

學一個京兆眉兒替我描用得恰好

付柳條只爲功名兩字苦相抛（合）英豪准望你脫却藍袍換了紫袍

前腔（生）錦衣故里歸日未爲遥和你同上相如駟馬橋男兒意氣自凌霄（合）多嬌還你個花誥香車縣君封號

（鴻上）稟相公、行李俱下船了、快些攢路（生）怎麽這等催促（別旦拜介）

尾聲（生旦合）不多時斷續鶯聲小還邅立盡暮雲芳草（旦）李郎、你去京兆府呵、學一個京兆眉兒替我

原本第十七折有京兆言餞十九折有小玉望樓並刪

描

生　遊子帶天香。閨人戀夕陽。

旦　明知半月別。亦使兩情傷。

第十三折　杏苑

天下樂　末扮黃門上　玉署春光紫禁煙。青雲有路透朝元。三天日色黃圖外。四海雲光綠字前。自家唐朝黃門官是也。今日殿試放榜、聖旨親點了隴西李益書判拔萃、堪爲狀元、賜出紫袍金帶少不得到鳳門外恭謝、道猶未了、狀元早

應試折殊無佳曲然去俗套遠矣

詞中音調多有不叶處今改正

到小

【卜算子】【生】朝衣上鸞鳳蹇身翺。奏徹祥雲現。姓字香生紫陌喧。日近君王面。

【末】狀元不得升殿、就此謝恩、【生謝介】

【滴溜子】聖天子。聖天子。傳臚御殿。太平世。太平世。雲蒸豹變。無數英雄入選。還誰奏賦先。宮袍錫宴。何幸寒儒。身惹御煙。

【外老旦小旦貼執樂器上】請狀元赴瓊林宴、【生】

【末行介】

與原尾全別此從來未有之且使鼓吹與應者便於脫裝謂之脫卸法

原本第十四折盧太尉選士折今刪

前腔【合】笑平日。笑平日。文章幾篇。喜今日。喜今日。筆歌上苑。十里珠簾盡捲。春風馬足旋。祥雲一片。正凭暖曲江人醉杏園。（鼓吹先下）

尾聲【生】長安一日花看徧也。不枉男兒志願。（生至古門回身舉鞭與末別介）（末）今科狀元可謂得人。準備着染翰朝朝聖主前。

第十四折　權嗔

一落索【淨盧太尉外小生扮從官丑雜祇候執把引上】劍履下朝堂。平步星辰上。春風桃李徧門牆。

強音絳

盧太尉既扈
駕洛陽因而
小鎮孟門即

敢有一枝兒直強。

隻手擎天勢獨尊。錦袍玉帶照青春。洛陽貴將多陪席。魯國諸生半在門。自家盧太尉是也、盧杞丞相、是我家兄、盧中貴公公是我舍弟、一門貴戚、霸掌朝綱、聖駕洛陽開試、咱已傳令中式士子、都到咱府相見、昨日開榜、有個隴西李益中了狀元、細查門簿、並無此人、拜帖、這明明欺我武官、況見我近日奉詔、出鎮河陽孟門山外、不在朝端、一發把我看的輕了、書生狂妄如此、

第一米邊轉 且新狀元不肯謁[illegible]明有相擊之意以此[illegible]激其怒[illegible]年之計出 [illegible]去聲 [illegible]本作風帖見今改四邊靜非但歌者易發調而詞

可惡可惡。咱有一計。昨日玉門關節度劉公濟
一本奏討參軍。咱就奏點李益前去。着他淹滯
塞上。永不還朝。可不中我計也。堂候何在。(末)扮
堂候上 玉班丞相府。花事洛陽春。稟老爺。有何
分付。(盧)天下士子。俱到太尉府參見。可怪新狀
元李益。獨不到門。咱有表薦他玉門關外參軍。
你去到司禮監文書房。我家公公處說知。(末)
四邊靜 書生筆陣堪爲將。編修沒他帳。那劉節鎮
呵。有表乞參軍。須教選人望。(合)兵機非浪。邊防今

仗。誰似李君虞。才情兩停當。

（堂候）知道了、（做下介）（盧）轉來我再分付你、

【前腔】你說玉關西正干戈攘。飛星着他往。勤限到軍中。家門再休想。（合前）

（堂候）理會的、

（淨）堪笑書生直恁迂。直教老死在邊隅。

（堂候）從來恨小非君子。果然無毒不丈夫。

第十五折　勞歸

【喜遷鶯前】（旦上）顒語新晴。奈初分燕爾。參差上苑

此即望提意也第二郎神腔本耐唱而作者不得其音律是以敗之

聞鶯。【浣】捧繡粧【上】春困也紅粧向晚。歸來莫悞卿卿。

【旦】蓋世文章。金馬門。京西才子洛陽春。【浣】東風不捲珠簾面。特向花邊得意人。【旦笑介】【浣】紗、我昨夜夢見李郎洛陽應試、中了狀元、奴家梳粧赴任、好不喜也、

【二郎神】憑闌定。正東風人在河橋樹影。笑看春衫鬆扣頸。好是舊香甘荀令。氤氳爐氣猶凝。又催我早試新粧遊畫省。皆紗窻幾番臨鏡。【合】夢分明只落

省生上聲

得暗地躊躇空繫柔情。

【前腔】【浣】思省。他本上文章蓋世。風流總領。料巳獨占魁名出羣等。況小姐十分姿色。端然傾國傾城。眼見的一紙泥金扛俄頃。這喜事便堪折証。【合】夢分明。又何須暗地躊躇。空繫柔情。

【玩仙燈】老旦同鮑上　車馬正喧迎。新狀元花生滿徑。

【鮑】郡主。京兆府傳說新狀元將至。正是李郎。你快些梳粧准備迎接。

永手景切

新狀元歸見夫人似不可無一拜

喜遷鶯後 生攜秋鴻草帽鑾帶雜執瓜鉞外末小生淨執樂器上 御道塵銷。春晝永。彩雲簫史門庭。飛蓋妨花。停驄襯草。此日風流獨勝。

拜老旦介 老旦 狀元及第。親承晝錦之榮。恭喜恭喜。 生 指日長安。關奉泥金之報。慚愧慚愧。 生 與旦對拜介 旦 賀郎君一舉成名。不負我燕釵盟定。 生 感夫人十分眷愛。酬還你鸞誥褒封。擢鮑介秋鴻叩見介 老 浣紗看酒。 浣 上 御香宮裏綠。春色狀元紅。酒在此。 老旦 送酒介 鼓吹先下畫眉序（老旦）花暖洛陽城。似獻賦河陽舊風景。喜吹噓送上九天。馳驟。（鮑）我也借花獻佛、奉狀元一杯、（送酒介）探一枝春色歸來。帶五綵祥雲飛映。（合）跳龍門此日。門楣應簫鼓。畫堂歡慶。

前腔（旦）射中雀金屏。人彀英雄愛先逞。趂仙郎年少。把縣君親領。（浣）舊相如有駟馬前言。新京兆展畫眉清興。（合前）

前腔（生）曾傍玉梅清。報春色江南未孤冷。有素娥親許。暗香相逆。（秋）喜漢宮帽壓花枝。記天街釵橫

記天街釵橫月影山曲中秦簫處

興字有況味秋鴻合唱一曲今刪

月影合前

一堂候官上客路朝朝換鶯啼處處聞、報知金馬客參佐玉門關、下官盧太尉帳下徑來報李狀元除拜劉節鎮關西府參軍事、早晚催赴邊關、十分緊急、此間便是、秋鴻報見介鮑有官客來了、我且廻避下堂候見禀介生已領朝命、容下官數日起程、堂候官既如此、人馬儀從都在灞亭相候便了、下旦驚問介門外那官兒報狀元那裏去生朝命着我玉門關、參謀劉節鎮軍事、

此須用琵琶謾說道姻緣果諧鳳卜唱法莫便下墜

板

境奇景

上改興郎醉扶起玉山先句

咏爲命切

賸青藏

這也不久便回。

滴溜子〔老〕謾說道三千丈風雲路徑，作歸來把十二西樓月映，正是歡娛佳境，便門闌喜氣多也。要廻鸞顧影，兀的乘龍怎生不竝。

〔生〕酒收了，我已醉矣。

鮑老催〔合〕從天喜幸，綠衣郎近得紅粧，敬倒玉山自有香肩凭休酩酊，宜豪興當歌咏，守得你探花人到留春賸，向天街遊衍香風競，合歡樹今端正。

雙聲子 門庭興，門庭興，遊晝錦，春光凝，非僥倖非

目叶音暮
此折鄭夫人
可以不送而
原本與浣有

僥倖郎君福。夫人命。真相稱。皇恩盛。羨夫榮妻貴。永久歡慶。

(尾聲)好夫妻一對前生定。謝皇恩贍天仰聖。(生)少不得綠暗紅稀出鳳城。

(老川)朱衣頭踏引春驄。(生)歸到蓬壺晝錦濃。

(丑)果稱屏開金孔雀。(浣)休教鏡剖玉盤龍。

第十六折 餞別

(女冠子)前鮑上 垂楊滿目。偏遮斷灞橋迴處。歎寃移帶眼。夢飄旗●尾。玉驄嘶緊。畫鸞飛豎。

紫釵記 卷二 三十

步步嬌醉扶歸與鮑有一撮棹諸曲並刪
鮑餞送作泰鄭夫人命伴郡主同出灞橋叟旋轉有致

乍雨乍晴春自老。閒愁閒悶日偏長。細聽鶯語移時立。似怨楊花別路忙。今日霍家郡主親出灞橋、與參軍餞別、鄭老夫人着我陪伴郡主去走一遭、我只得先到此間、候候這些時、郡主敢待來也、

【女冠子】後旦同浣紗上 鏡臺紅淚。雨送漢塞征人。秦樓羈旅。【浣】遶屏山舊路。幾許歡娛。盡成悲楚。

【旦】目家霍小玉、幸得夫壻李郎、名魁春榜、官拜翰林、一天大喜、不意奉旨差去西鎮參軍、又當

消魂橋語可令人墮淚

生有北點絳脣寄生草諸曲皆刪跋出隊子上以北曲不宜奏于悲惋時耳

遠別況聞關西屢被吐蕃侵擾軍情緊急教我如何放心得下適已稟過老夫人親赴灞橋送別【歎介】這那裏是灞橋明明是一座消魂橋也呀鮑四娘已先在此【見介】

【出隊子】【秋鴻引雜扮辦官背勅捧劍外淨扮將執刀老旦雜執旗擁生上】【合】崇牙樹羽崇牙樹羽整頓軍容出帝居直看飛鳥避前驅蓋世威風定不虛問是何人敢當路隅

【衆么喝介】【秋鴻稟介】夫人同鮑四娘在此與相

屬叶如去聲
解三醒六曲
跂眞一刪其
二仍以烏絲

公祖道生衆將官將部伍暫住橋外少待酒闌便長行也衆應下生下馬見介生云出門何意向邊州旦匹馬今朝不少留生極目關山何日盡旦斷腸緜竹爲君愁李郎今日雖然壯行難教妾不悲怨前面灞陵橋妾待折柳尊前一寫陽關之思浣紗看酒過來鮑妾身携得有酒且先奉過一杯送酒介

解三醒纔成就如花眷屬正多嬌寵難疎不分鴛鴦隔南浦早相顧影踟蹰你龍門也躍三春浪

計日須旋駟馬車。【生旦合】重相聚。休埋怨眼中人
去。鏡裏鸞孤。
【前腔】【旦奉酒介】那裏有聽嬌鶯情緒。全不着整花
朶工夫。觸青山愁遮得愁來路。聽郎馬盻音書【生】
春愁繫軟相思樹。鄉淚迴穿九曲珠。【鮑合】心期負
問歸來朱顏認否。旅鬢何如。
【旦】李郎以君才地名聲。人家景慕。願結婚媾。固
亦衆矣。離思縈懷。歸期未卜。官身轉徙。或就佳
姻。偕老之言。恐成虛語。然妾有短願。欲輒指陳。

續叶言序

黯衣減切

妾年始十八、君纔二十有三、逮君壯室之秋。猶有八歲。一生歡愛。願畢此期。然後妙選高門。以求秦晉。亦未爲晚。妾便捨棄人事。剪髮披緇。夙昔之願。於此足矣。

【前腔】是水洗香燒得前生斷續。燈花喜知他後夜有無。這雙雙守不到三旬許。盟和誓早成虛。只怕那緣鞭陌上多奇女。未必你紅粉樓中一念奴。[illegible]

【合】頻囑付。猛可的翠綃黯淡鉛字模糊。

生作驚介夫人何發此言、下官幸結良姻、常恐

箋烏絲闌所謂戲耶也

白首齊眉未足酬其素願豈敢輒有三請以
素縑著之盟約、旦妾有烏絲闌素段三尺在此、
浣紗取筆硯過來、生作寫讀介水上鴛鴦雲中
翡翠。日夜相從生死無悔。引喻河山指誠日月。
生則同衾。死則同穴。旦謝介李郎此盟當藏之
寶匣之內。永証後期。

前腔生想夫人城傾城怎遇。便到女王國傾國難
摹。雖然是暫時撇下高唐賦。那花沒艷酒無娛。總
饒他眞珠掌上能歌舞。忘不了小玉窗前自歎吁。

僝鋤山切
僽音驟

崔韋上以生查子引作上場詩此琵琶張大公杖劍對尊酒体也

【秋鴻】合傷情處。忍下得暈輕眉翠。香冷脣朱。

【韋崔上】才子跨征鞍。思婦愁紅玉。芳草送鶯啼。落花催馬足。早聞得李君虞起行。到日午還在灞亭。僝僽好無丈夫氣也。見介【崔】君虞軍中簫鼓喧塡。良時吉日。早行早行。【生】實不相瞞。夫人話長。使人難別。【崔韋】昔人云。仗劒對尊酒。恥爲離別顏。君虞何留戀如此。郡主。我兩人還送歷虞數程回來。自有平安寄上。軍行有程。未可滯他行色。正是長旗掀落日。短劍割離情。【下】內作

首二句失拈唱者須委曲就之

數音朔

簫鼓〔介生〕夫人休休聽笳鼓喧鳴催我行色、匆匆

容意、非言所盡、只索拜別、〔拜介生〕

鷓鴣天掩殘啼送上七香車、守着夢裏夫妻碧玉

居佇看封侯遊畫錦、不妨啼鳥落花初〔衆將上擁

生下〕〔旦泣望介〕他千騎擁萬人扶富貴英雄美丈

夫、關河到處休離、剱驛路逢人數寄書、

〔鮑參軍已去遠了、料得不久便回、夫人不必煩

惱、請回步罷、

第十七折 高宴

原本用一枝花引今以滿[illegible]今作前[illegible]便

滿江紅前劉搉小生淨扮將官老旦雜執旗上柳色槐陰靜偃郄牙旗翠葆偏稱我羽扇綸巾閒吟清嘯。

【臨江仙】河漢千年鳳舞烟沙萬里龍荒封侯只愛酒泉鄉關山瞻漢月戈劍宿胡霜　紫塞夜摇風角薇垣驚動星芒翩翩書記舊河梁幕中邀謝鑿麾下得用即自家劉公濟是也承天子命拜朔方河西二道節鎮近移軍玉門關外奏准聖旨親點狀元李益叅軍乃吾故人也報說

原本有第二十五折是李益在路題隴頭水詩今删

今日到任、已分付各邊城旌旗號令、精整一番。中軍官備酒伺候、（末扮中軍上）理會得、（內鼓吹介）（生引秋鴻貼雜執爪鎚上）

【滿江紅後】玉帳門前、歌吹動戍樓顛上旌旛繞。（合）看風煙河畔。引王孫青青草。

（老旦等先下）（見介）（劉）詞場第一人（生）軍事得參卿、（劉）客冠三台坐、（生）人依萬里城、（劉笑介）君虞兒、今日劉公濟可是喜也、左右看酒、（中軍云）女樂們走動、（旦貼上）整頓舞衣雲出塞、動搖歌扇

梁州序本四曲而删其一不欲過疲生也

月臨邊【叩見介】

【梁州序】【劉奉酒介】玉堂年少。日華天表。共仰雍容廊廟。何緣關塞逢迎。仙旆飄搖。似你三千禮樂。十萬甲兵。百二山河。小向來帷幄裏。夢賢豪。萬里雲霄一羽毛。【合】清和候。烟塵道。展營門細柳平安報軍中宴。鎮歡笑。

【前腔】【生】非熊相貌。雕龍才藻。綠鬓朱顏。榮耀長城萬里。君侯坐擁幢旄。快覩軍容出塞。將禮登壇。冠世英雄。表金湯生氣象。迴銅標。圖畫麒麟第一高

〔合前〕

〔劉〕參軍到此。郎有軍中一大事請教。玉關之外。有小河西大河西二國。自漢武皇開西域四郡。隔斷匈奴。這兩國年年貢獻大漢。大河西獻蒲匋酒。送在酒泉郡賜宴。小河西獻五色鎮心瓜。送在北瓜州犒賞。到我大唐初年。舊規不改。近被吐番挾制。貢獻全疏。意欲興兵相煩。草奏〔生〕老節鎮在上。河西貢獻不至。興兵極是。但四五月間晴雨不常。天氣未便。下官以筆墨從事。

戍音恕

願草咫尺之書、先寒二國之膽、更容下官分兵戍守回中受降城外、綴吐番之路、使他不敢空國而西、則酒泉不竭于唐、甘瓜復延于漢矣（劉）參軍高見、此乃王粲登樓之才、李白嚇蠻之計也、

【前腔】（劉）染宮袍。來伴金貂。總戎陣未妨魚鳥擠花邊簇馬。風前欹帽。生憶得西清別騎。東府君侯。不信邊頭好。自今投筆處。老班超仗劍。從軍敢告勞。

合前

颭音展　茲音慈　樂叶音羅　闐音佃　撡平聲　翻叶去聲　隊叶音遂

笳音家

尾改原詞便

（劉）取大觥奉酒

節節高（旦貼）送酒（介）金花貼鼓腰。一聲敲紅牙歌板齊來到。龜茲樂。于闐撡。花門笑。怕人間譜換伊梁調。甘州入破橫雲叫。（合）酒灑西風茜征袍。軍中且唱從軍樂。

前腔（旦貼）裁停碧玉簫。喤花颭。河西錦帶翩翻耀。風前掉掌上嬌。盤中俏。臙脂山下人年少。紅躍隊裏華燈照。（合前）

尾聲（合）聽鳴笳芳樹篇篇好。把風塵付之一笑。栫

劉李合唱耳

原本第三十折有題不上望京樓句今改作[illegible]詩[illegible]法[illegible]

此原本第二十九折也臨川於北曲幾升堂矣端正好屬正宮而前有中呂粉蝶兒雙調新水令南呂一

的個耿耿丹心答聖朝。

（生）下官感君侯知遇口占一詩爲贈（劉）願聞。

（生）日日醉涼州。笙歌卒未休。

感恩知有地。不上望京樓。

（劉）多謝多謝、

第十八折　欵檄

（吐番領丑老旦貼雜執旗上）天西靠着閙摩黎。

回鶻龜茲拜舞齊。只有河西雙鷂子。西風吹去

向南飛。自家吐番矜哄。點起部落、騷擾大小河

枝花不應舛
鬖如是今並
刪
綠叶音慮
谷叶音古
吱音支
哳音扎
咭音吻
叭音葩
喇音辣
窣音速
咯音各
哪音邦

西你看一路上好光景也衆行路打圍介

【北正宮端正好】旗面日頭黃。馬首雲頭綠。草萋迷、遮不斷長途。大打圍、領着番士。齊繞扎定黃花谷。

【滾繡毬】風吹的白茫茫草葉低。時節青絲絲柳、葉疎。聽的咿呀呀鴈行鴉侶。吱哳哳野雉山狐。急張搊勾的棒頭箭。赤溜出律的決口兔。咭叭喇、喝番了黑林郎。雕虎。戰篤速、驚起些窣格落的豪豬。急迸咯哪的、順邊風幾棒欄腰鼓。濕溜颯喇的、是染塞草雙鵰濺血。圖錦袖上糢糊。

來到大河西了、問他葡萄酒熟了麽、（內應介）大唐使臣到此、俺國降唐了、（番將怒云）呀、大河西降了唐也、

倘秀才 呆不鄧的大河西受了那家們制伏。滿地綻葡萄亂熟。釀做了打辣酥見香碧綠。你獻了呵、三杯和萬事。降唐呵、也依樣畫葫蘆。罵你個醉無徒。

把都們且搶殺他一番、（行殺介）不覺又到小河西了、問他紫鄴瓜熟了麽、（內應云）大唐使臣到

呆音奈
伏叶旁夫切
熟叶暱朱切

鄴音搽

此曲從無用落易諸譜者臨川家藏多元劇豈別有秘本耶

此俺國降唐了〔番將怒云〕呀小河西又降唐也

前腔些二娘大的小河西生性兒慠古東瓜大的小西瓜鄭紅子烏刺蜜樣香甜氷雪乳你獻瓜呵省可咱心煩暑不獻呵瓜分你國土敢待何如

〔內〕大唐分兵截你歸路去了你國敢怕大唐也

〔番將〕俺怕甚麽大唐哩

尾聲暫回軍放你一線降唐路咱則怕大唐家做不徹捱刀相助有一日和你打幾陣戰河西得勝鼓

尒今在第二十六折今改于此月兒高見載棄燭鎖垂楊院非有傳授者不能唱原本甚不合調特改之

旦上即作對鏡粧為玉釵句也此是戲中緊要關目唱者須知

第十九折　濟友

月兒高〔旦對鏡粧浣隨上〕自與良人別。害的腰肢瘦。待把離愁遣。正是愁時候。首夏如秋。這冷落誰生受。韶光已去已去。君知否。怎教我抱着衾凄凄獨守。〔浣〕小姐你看這玉釵雙燕。少不得自有誰頭之日。〔旦〕休還說甚雙燕玉釵頭。知他是今世今生。今生甚時偶。

花月湊新歡。弄雨晴初惱。夫壻不風流。妝成淡看承羨。浣紗、相公去了幾日哩、〔浣〕好幾日過、〔旦〕甚

銷金帳曲皆佳今删其半

韋二秀才說送李郎出境就有回音怎生還不見來想起當初呵

【銷金帳】花燈會偶春意濃如酒短金釵斜鬢溜嬌緣那般交媾那般圓就不枉了一對一對靈心聚頭翠淺紅深採定花間手看他取次取次偎融個透

【前腔】【浣】雲狂雨驟倚定個陽臺岫唱陽關春事休如今那般邐逗那般僝僽逞纖腰暮雨暮雨河橋折柳帶結同心翠濕啼痕袖怎禁他一聲去也去

旦唱已有短金釵斜鬢溜之句而崔韋曲又云見有人來襪剗金釵溜韻既重複亦不成語聊改之

此曲當另起調

詞中有一二未妥處菁改正

也擢攢的勾。

【前腔】（崔韋上）長安盡頭。送別儒林秀。怕斷腸人倚樓。兩個一時幅湊。一時消瘦。則爲個些些個些些香溫膩柔。（韋）門兒裏敢是小玉姐哩、見有人來。忙閃書齋後。多應是和羞走。也走也撚青梅做嗅。

（旦）浣紗、來的是崔韋二秀才、問他送李郎何處、有甚回言、（浣做問介）（崔韋）浣紗、你聽我道來、

【風入松】一鞭行色照河洲。伴皇華幾日遲留。向彩雲斷處頻回首。青衫上淚痕濕透。李兒說、多拜上

秀紛去聲

郡主待寫萬金書。別來未久。囑付你千金體。免離憂。

〔浣〕還有甚麼說話〔韋〕秋鴻叫你浣紗姐不要到街上行走〔浣〕哱、幫腳的不飛勾了、〔旦〕歎介李郎去了、他可有甚房分在這長安、央他一個來看守家門也好、你請韋崔二秀才外邊坐下、我這裏問他、〔浣請崔韋坐介〕〔崔〕郡主欲問何事、〔旦〕李郎去住多多、妻身未得細詢家世二位交遊既久、知他更有何人、〔韋崔〕郡主、敢是怕十郎有前

兩叶梁去聲

夫人麽、

前腔他從來窮寂不曾述。[旦]不為此、問他身傷還有甚麽人、[崔]只有得秋鴻這小廝一個這孤身四海遨遊。[旦]難道他至親骨肉也無人的、[崔]韋他身星照定無骨肉。但緩急誰來搭救。[旦]也可憐他、少年才子、恁的孤窮、[崔]韋也是他遭際。幸藍橋遇仙是有平白地顯風流。

[旦]對浣語介原來如此、我家從無以次人丁、便要訪問李郎消息也、沒個人前日李郎說、他與

二人至厚、兼他客中貧窘、我家少什麽、不如因而濟之、以收其用、浣紗你對二位秀才說、李郎既無眷屬、只二位秀才、便做的親相看便了、

【前腔】鳳抛凰去。孤冷鵲巢鳩。願良朋似谷鳥相求。

【崔】二生客中貧朴、怕沒工夫看管、【旦】這個不妨、衣食薪芻都是我家支分便了、尋常金幣咱家有、況乃是故人交厚。毛詩云、之子之來之、雜佩以贈之、念雜佩因何贈投。望看承報瓊玖。

【韋】既承委托、我二人怎敢推辭、崔允明原係李

是則是弟兄
朋友句佳

墨聲刪

兄的親中表、以後凡有所聞、托崔兄轉達〔崔〕這個使得、

〔前腔〕〔浣〕你凝粧穩坐鳳簫樓。我專打聽遠信邊州只是我二人、不好頻來、郡主有甚分付、可教浣紗姐傳示、管傳言青雀無虛謬。免得你翠眉顰皺。〔崔〕雖然如此、凡百事須要郡主自家做主、是則是弟兄朋友。閨門裏要你自持籌。

浣紗姐、拜上郡主、我二人去也、〔下〕〔浣〕這兩個窮酸賊他怎的、〔旦〕你那裏知道、

（旦）只因夫壻遠從軍。急難之中也要人。
（浣）正是禮從人意起。何須財出當家門。

第二十折　計局

【夜行船】（盧引外扮中軍貼老旦執棍丑雜執旗隨上）一品當朝橫玉帶。姻連外戚勢遊中貴世事推呆人情起賽。可嗔那書生無賴。

自家盧太尉三年前因李益恃才氣高計遣參軍西塞聽見他有詩獻劉節鎮道是感恩知有地不上望京樓這個明明是怨望朝廷了若將

說我家丞相知道此不可少

此詩奏上一本、了他的官、有何難處、只是一件、
我方奉命鎮守河陽孟門山外、一時未得還朝、
適纔走報的說劉節鎮早晚有召回掌殿前軍
事之命、不免差人先說與我家丞相知道、教他
乘此機會、奏准聖人、加李益秘書郎、改參孟門
軍事、不必過家、待他到我軍中、若果有些情分
就將愛女招他為壻、若再不從、奏他怨望、亦未
晚也、聞他有個密友、京兆人韋夏卿、已會着人
請他到此計議、想必就來、

徵去聲

薄倖〔韋上〕暑色初分，秋聲一派。看長安馳道，秋風冠蓋。

〔中軍云〕韋秀才到。〔盧〕請進來。〔韋入見介〕〔盧〕好客勞西笑。〔韋〕人雄鎮北軍。〔盧〕折簡求三益。〔韋〕旌旄謁使君。〔盧〕韋先生，你是李君虞好友，我今鎮守孟門，奏取他叅吾軍事，可好麽？〔韋〕李君虞三年在邊，叅當內轉，今又要他叅謀孟門軍事，恐非文人所堪。〔盧笑云〕你可不知，他有詩獻劉節鎮道：感恩知有地，不上望京樓。這是分明有怨望

□□令西見□在吳中唱者俱不得其傳大家用新鼓令皂羅袍演之今改易數語使情意兩暢而音調亦諧足稱洋洋盈耳矣

之意、又何必強他入朝、便是我家招賢館、豈不勝如望京樓、

【鑼鼓令】【盧】他朝中本後輩。我曾於馬上匆匆見來。那性兒有些蹺蹊。【韋】也都是少年常態。怎倒做聲生災。把千金賦甚人買。【盧】便無文太尉且休怪。早難道古來書記都沒翰林才。【合】參軍幕府有何苦差。招賢客館居然好。懷與君携手共登臺。看秋江寂寞也。自放花開。

【前腔】【韋】君侯莫浪猜。他在關西。受盡征塵戰埃。滿

塞音賽　乾音干　貔音疲　貅音休

望得一朝除拜。〔盧〕此内地非爲邊塞。何必要玉堂階。怎不識咱優待。〔韋〕想一官雖是命安排。只可惜賈長沙。乾老洛陽才。〔合前〕

〔韋〕既太尉厚待、李君虞自有國士之報、小生别當轉致尊意、小生告辭、

〔韋〕孟門關外擁貔貅。打鳳撈龍意未休。

〔盧〕但使他來府門下、那時何敢不低頭、

〔韋下〕〔盧弔場〕中軍上　微聞禁漏穿花遠。獨詔邊機出殿遲。禀爺、聖旨已下、李益准遷秘書郎、改

此前有具奠鄭夫人疑浣七夕乞巧折今刪

缺上書贊

叅孟門軍事、即日離鎮不許過家、盧笑介云書記在吾算中矣、待他來時、看其才貌、果可招贅方纔與他說親、未爲遲也、

第二十一折　邊愁

北點絳唇（末小生扮邊將上）紫塞飛霜。平沙月上。旌旗晃。劍戟排墻。擁定銅符帳。

（末）請了、我等是朔方劉節鎮部下、因李叅軍兵回樂峯、受降城、斷截吐番西路、今夜巡塞、不免分付各城堡守嘹軍人、嚴緊伺候、言之未已

原本生用金蕉葉引上今改點絳唇仍舊蓋焉使

參軍早上（生大帽蟒衣佩劍擁老旦旦執旄鉞淨丑執燈搽旦雜執旗上）

【前腔】（生）萬里龍荒。角聲悲壯。憑高望。袍袖生涼颸。煞愁人況。

（衆將見介）邊霜昨夜墮關榆。吹角當城片月孤。無限寒鴻飛不度。秋風吹入小單于。自家李益。本用文墨起家。兼以弓刀出塞。既有三軍之事。豈無一夕之勞。分付將官軍士。用心巡守。（衆應介）（生）將帳門捲上、一望塞外風煙、（登臺）（衆）這就

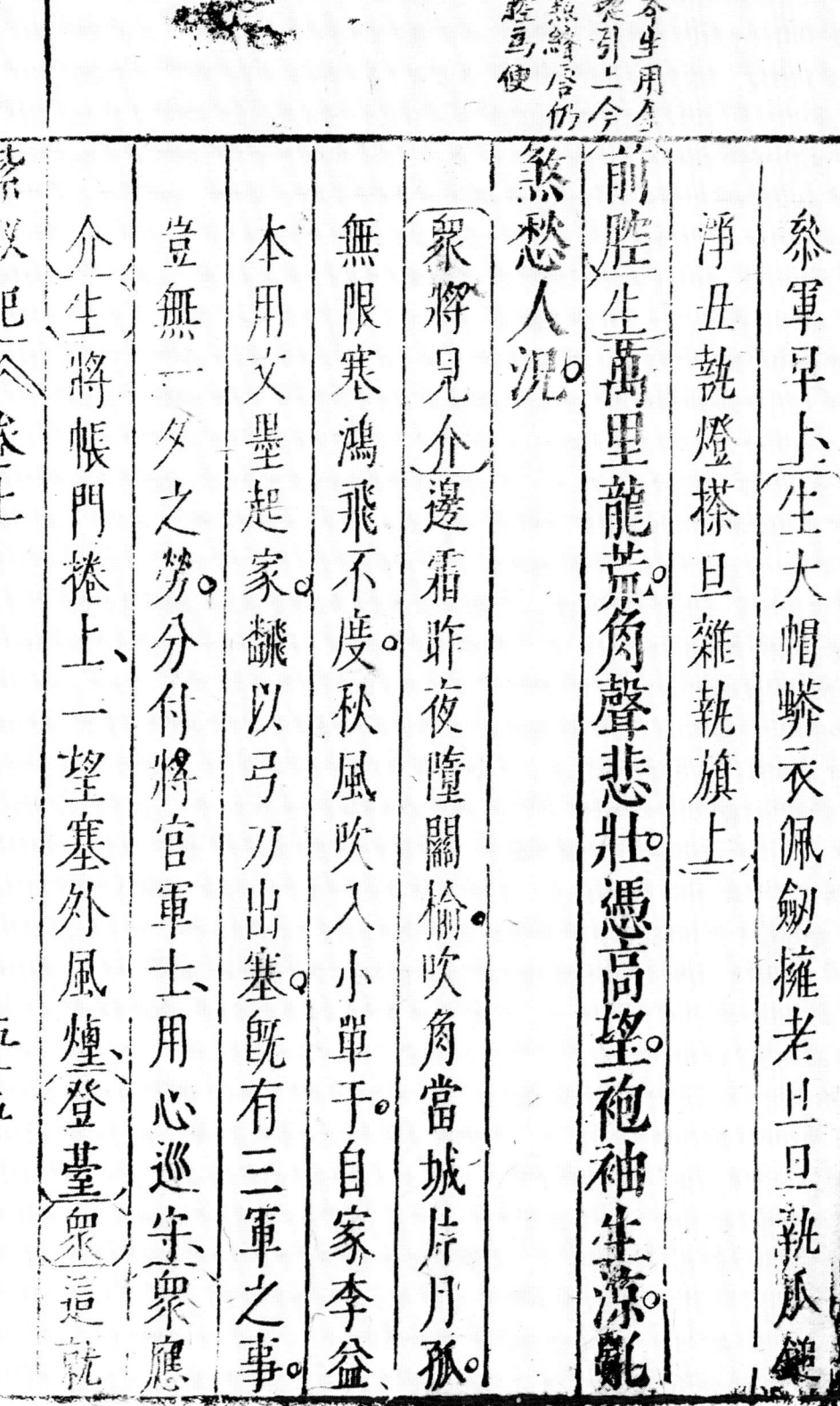

一江風本四曲今去其一以李所題邊塞詩止三事耳其合處故于叠句連調使衆將官從傍合声知一體動人聽句生亦少休心以便發調出添于曲者不能為也

是回鑾峯、

一江風(生)碧油幢。靜捲牙門帳。步上嚴城壯。遠遠見這一帶白的敢是下雪麼(衆)不是雪、是沙(生)那氤氳。幾垛平沙。似雪紛瀰望。瑤池在瀚海傍。(衆)瑤池在瀚海傍。深園古戰場。築沙堤等不得沙河漲。(衆)這是受降城、

削腔(生)冷淸光氣色霏微漾。暈影朦朧晃。敢是下霜麼(衆)是月亮(生)步寒宮認得分明。不道昏黃相。衣痕上辨曉霜。(衆)衣痕上辨曉霜。是嫦娥在女墻。

照愁人。白髮三千丈。

（内吹笛介衆）何處吹笛也

前腔（生）據胡床。汝月浮清況。猛聽的音嘹亮。（衆）這吹笛的、不知是關山月、不知是思歸引、（生）做望鄉掩泣（介）被關山横笛驚吹。一夜征人望。家山在那方。（衆）家山在那方。離情到此傷斷腸。聲淚譜在羅衫上。

（生）下臺（介）（孫旦扮王哨上）（上）龍吟塞笛空横淚。鴈足奘箋好寄書。稟參軍爺、小卒是京師盧太尉府中王哨兒因來劉節度軍中探取軍情便將入京不知參軍爺可有平安書寄去（生）正好相煩只是匆匆情書不盡數日之前曾將屏風數摺畫作邊城光景頗盡淒涼之狀不免就這屏風上題詩一首回樂峯前沙似雪受降城外月如霜。不知何處吹蘆管。一夜征人盡望鄉。詩已題成只此寄夫人亦可見我別來情況矣王哨兒你可將此書到勝業坊霍府投下左右取三兩銀子賞他哨兒叩頭云謝爺賞小的寄書後

不久自有回報（生）衆做轉介

尾聲（生）匆匆書寄粧臺傍。訴不盡滿懷惆悵。甚日

得海燕雙棲玳瑁梁。

（到古門介）外扮走報人上小的是長安門走報

的。來報參軍爺榮陞（叩頭介）恭喜老爺、新奉聖

旨、陞秘書郎、改參盧太尉孟門軍事、限期就到

任、不許過家（生）因何有此、先賞報人去、就寫書

謝了劉節鎮起程（報）節鎮劉爺也欽取還朝、總

管殿前諸軍事（生）原來如此、

紫釵記　卷上

西塞東歸總戰塵。　畫屏風裏獨沾巾。

閨中只是空相憶。　若見沙場愁殺人。

俺海燕雙棲我肯家。

尾聲〔生〕外外書寄粧臺倘。訴不盡瀟湘淚眼。且

不久自有回報〔生衆做轉介〕

紫釵記

下

原本菊花新引今改天下樂從後齊微韻也

臨川作桂枝香一曲甚不得凄凉調今改撕破金字

紫釵記卷下

第二十二折 銀屏

【天下樂】（旦同浣上）花恨紅腮柳恨眉形同春後牡丹枝綠窗孤寢難成寐說與傷人未必知

奴家自別李郎三秋杳無一字、正是叢菊兩開人不至北書絕寄鴈無情（浣）早晚自有佳音小姐不須煩惱、

【撕破金字令】（旦）紗窗日午兀自貪殘睡芳容漸減對鏡慵梳洗況值窮秋轉添憔悴悶把闌干斜倚

今從旦唱而貼以夜雨滴梧桐佐之聞者當潸然泣下矣

息叶喪精切

末唱見持屏風上原本作薦今改太平令叶幽韵

睹數歸期早三年別來音信稀〔浣〕小姐你聽鸚鵡兒也叫道姐姐可憐姐姐可憐〔旦〕鸚鵡會心慈狂夫不繫思設甚盟詞寫甚烏絲教人怎不恨個乖夜雨滴梧桐〔浣〕伊夫壻有日歸何必恁苦傷悲記當時携酒灞陵橋外親送臨岐料他怎生忘別離便虧心短行短行將人輕棄天須鑒之你且自將息不見雕梁燕春來還並飛

太平令〔唱〕持屏風上塞上初回報與朱門人自知叫介〔浣〕是誰〔唱〕爲參軍稍帶音書至這屏風上手

親趨。

浣接介小姐喜得李郎有書、寄來在此、

前腔夫婿關西。容易三年去不歸。今朝忽寄平安字。真可抵萬金資。

旦寄書人在那裏。浣在門外、旦快喚他進來我要問他。哨入見介旦你是參軍爺差來的麼哨小的是盧太尉差往劉節鎮軍中打探邊報的順便回京與參軍爺稍帶這個書信旦是那個盧太尉哨是當朝盧丞相之弟、穿宫盧中貴之

幾叠屏山數語自佳

兄第一個富貴人家〔旦〕且問你參軍甚時可回〔哨〕小的在關西聽的參軍爺題詩與劉節鎮說不上望京樓正未得回來哩軍令緊急小哨就此告回〔旦〕浣紗取一千錢來賞他〔哨〕叩謝介下〔旦〕原來是幅畫屏待我展開看來呀這屏却是李郎手自丹青也〔讀介〕回樂峯前沙似雪受降城外月如霜不知何處吹蘆管一夜征人盡望鄉你看幾叠屏山詩中有畫畫中有詩滿目邊愁使妾覩之不覺泪下

金索囊見琵琶記臨川作此多不合調吳人謂非能唱曲者不能作曲信然

積跡俱行將流切

金索掛梧桐寒鴉帶晚暉。喜鵲傳新霽。遠水凝睇。折盡層波翠。你三年沒紙書難道不相思今日封題寄阿誰。李郎、你感劉君恩遇、不上望京樓啊、你只知紅粧夜宴軍中美。怎不念青鏡韶顏暗裏移。風塵蔽。便千尋落葉。怎得與根離。合知他是甚日歸期。且接着平安喜。

前腔浣沙如雪靄微。月似霜華積。月杳沙虛冷澹傳蹤跡。這屏山幾疊兒和新詩。又添你一段邊愁不自持。我這裏平沙瀚海把圍屏指。你那裏落月

原本有梧桐花意不盡並删今以劉潑帽二曲易之亦用琵琶記調也

關山橫笛吹。心兒亂。夢魂中有路透河西。【合前】

【旦】李郎此寄、歸意可知、兀的不想殺我也。【浣】小姐李郎三年不歸、家門漸次零落、如何是好。

【劉潑帽】當日個花月無邊受用。美到如今獨自禁持。把金谷田園誰料理。【合】仔細尋思。只有個歸來是。

【旦】還道甚麽家資、但秋色可憐耳、

【前腔】向蓮葉寒塘殘照裏。這芳心泣露誰知。俺待寫半幅秋光還寄彼、【合前】

臨川作賀聖朝現引今改荷葉魚兒避重複也

原本在第三十四折在李益軍巡邊後今改于此

旦 邊月胡沙泣向君。畫屏紅粉漬氤氳。

浣 明年若更陽關戍。化作西飛一片雲。

第二十三折 還朝

荷葉魚兒 老旦雜執旗淨扮堂候擁劉節鎮上大戟長戈久共綠苔閑。臥漢家已許郅支和。萬里無驚烽火。

獨携堂印坐西州。一劒雙飛鵰影秋。却笑班超容易老。焉知李廣不封侯。自家劉公濟鎮守玉門關外。推轂幾年。拓地千里。昨奉聖旨着下官

書亦有唐人之致

還朝、總管殿前諸軍事、李君虞加秘書郎、改叅盧太尉孟門軍只等君虞回來、與他分別、然後赴召、亦未晚也。（貼扮卒持書上）雲沈老上飛鴻去、日落回中探馬還。（叩頭介）叅軍爺有書。（劉念書介）叅軍李益頓首劉節鎮開府麾下、愚生書劒西征。拜瞻台座。三載于茲。恩禮兼至。袁本初書記。時有優渥之言。王仲宣從軍。不無思鄉之感。意難爲別。道阻回長。所深幸者。君侯膺歸袞之期。賤子附遷鶯之役。風期未遠。存問非遥。虎

以下四曲皆臨川詞止改一二字耳語亦典贍爲近

夔龍蒸風雲自愛益再頓首。呀、李君虞竟向孟門去了、下官既受君命不俟駕行、堂候官請征西大將軍金印出來、交與副將軍權領、即日起行、末小生副將上關西諸將揖容光、曾入甘泉侍武皇、今日路傍誰不羨、功業汾陽異姓王、恭喜老大人還朝、末將等禮當拜賀、劉老夫有何功績、得此皇宣、拜介

啄木兒劉心雖赤。鬢欲皤。意氣當年漢伏波。念少游歸與如何。相憐我得遂婆娑。舉手科恭元戎多

曲之冠然比之元人終遜一頭地

暇勞參佐甚西風別去情無那吹起袍花淚點多

〔前腔〕〔衆將〕倚天劒迴日戈一卷陰符萬揣摩洗兵風坐挽銀河比凌煙漢將功多〔跪介〕詔東歸少不的齊聲賀這歡聲有淚向悲笳墮再不見尊俎投壺聽雅歌

〔劉〕就此別了〔衆〕願攀留信宿而行盡邊關父老降附蕃戎之意〔劉〕京營務重不敢稽延我所佩平西大將軍金印權交副將軍收掌好生珍重者〔交印介〕

搨叶音打
蜀叶扶雅切

三段子〔劉〕黄金斗大。肘間懸龜紋綬花。權時未掛
臥內前好生護他。便如姬要不得開偷把。段司農
用不着橫文打。怕滑使摹行。軍機怎耍
〔將〕敢問老大人軍機以何者爲重、〔劉〕漢置四郡
斷匈奴入羌之路。今當護羌、使北蕃不得連和、
陽關內外、便可保無事矣
前腔〔劉〕甘涼以下。望長安天涯海涯。爲甚屯田建
牙。斷番戎羌家漢家。銷兵日久休頹榻。生羌歲久
防姦詐。第一要奈苦同甘。信賞必罰。

歸朝歡甚妥得調宜所謂命不擅擬者乎今改正
霎叶雙鮮切
颯叶殺雅切
押叶羊桀切

〔起介〕云諸將不得遠離信地相送、就此別了、〔衆〕
容末將再送一程、
〔歸朝歡〕〔合〕關山路。關山路。胡塵塞沙。十年事無多
牛雲。歸朝去。歸朝去。天恩有加。奈朱顏已是不禁
衰颯。秋光塞上人如畫。黃宜去把團營柳看細柳
春風大將牙。
〔劉〕秦時明月漢時關。　繡纛人看內地還。
〔衆〕但使龍城飛將在。　不教胡馬度陰山。
〔衆〕引劉下〔末〕云劉老大人此召眞不啻上天也、

一揔官不宜
隨劉下故作
吊場數語又
是一斂法

小生　劉老大人既去、此闕必當老先生陞補了、

末　下官豈敢望此、小生　論資俸論軍政俱也相應不必太謙、並下

第二十四折　參幕

番卜算　老旦雜執棍末扮中軍隨盧上　秋草塞門煙、河上西風偃、洛陽才子赴招賢、鼓吹軍中宴、

自家盧太尉、鎮守孟門關外、奏准李君虞、參謀軍事、報說今日到任、左右營門伺候、只等到來、疾忙通報、

原本神仗兒是琵琶記調或不合當是弋陽腔誤人

【神仗兒】外雜執爪鎚秋鴻草帽隨生上河西路轉

河西路轉赴河陽幕選。王哨叩頭介參軍爺前日

萬金家報是小的送上夫人了生勞你夫人安否

哨平安只是望爺早些過家生取一錠花銀賞他

哨見你便是咱故人以後太尉爺差你長安帶書

往來也不慢你哨這個當得生見陣前飛鴈倩寄

音書無便。盼不到舊家園。盼不到舊家園

丑介盧關君西域奏詞稱生天柱山高太華東

盧鴛鷺不歸仙仗裏。生熊羆還在禁庭中。盧李

二曲詞亦冠冕

先兄洛下一見至今懷仰何幸得叅吾軍看酒
中軍酒在此
【鎖寒窗】盧倚風塵萬里中原。大將登臺尺五天在
孟門關外少華峯前。遠旌旗萬點河流一線還倚
仗詞鋒八面。【合】翩翩人生遇合總情緣且須高宴
留連。
【前腔】【生】筆花梢慣掃狼煙。誰待吹噓送上天敢河
陽贊幕塞上回軺。便相如喻檄終軍乘傳也不似
恁般蓬轉。【合前】

京本增寒窗歌曲今改其二作柰子花

【盧】聞李先兒有詩獻劉公濟說不上望京樓、然否、【生】醉後餘談何勞遠聽、【盧】笑介

柰子花、【盧】你佩恩華意氣成篇把望京心。不復再懸。李先兒、休嫌文官武職、便相隨在軍運籌決戰。總不礙禁庭清選。【合】聽勸論人生、唯有做官榮顯。

【盧】叅軍可有夫人在家、【生】秀才時已贅霍王府中、【盧】原來如此、古人有云、富易交貴易妻叅軍如此人才。何不再結豪門。可爲進身之路。【生】久有盟言、不忍相負、

十郎亦時能憶河橋似非負心者

刪去尾声段用詩四句使李參軍先下而盧太尉另自吊場使有起落

【前腔】猛回頭涕淚潸然。憶河橋又是三年。（盧）可有平安信。（生）下官進轅門時。有老太尉麾下小卒三年纔傳得一信。（盧）受命在軍。何戀戀兒女乎。（生）看尋常塞鴻往來歸燕。偏隔斷河別怨。（合）前

（生）酒已深矣。不勞再賜。（盧）軍中一日一宴。幸勿見辭。

（盧）八柱擎天起畫樓。　一般才子要低頭。

（生）饒他牆下詹何釣。　爭奈蛟龍不上鈎。

（秋鴻云）回衙去。（引下）（盧吊場）中軍官。查軍中那

一個是傳李參軍家信的〔哨〕是小的、〔盧〕拿去綁了、〔哨〕乞饒介〔盧〕且記着、許你將功贖罪、如今就差你到京師、慶賀劉節鎮還朝、便往參軍家說他在我府中招贅、好歹氣殺他前妻、這便准你一功〔哨〕理會的

第二十五折 裁詩

灺音謝

些叶西邪切

〔望遠行〕〔旦同浣上〕寒鬟寶釵猶掛。倚秋窗數點黃花。扶頭酒醒爐香灺。墮淚粉殘柳暈斜。西風涼似夜來些。

原本第二十八折有鮑四娘王哨兒詭傳諸曲俱刪今改入此下

自從十郎屏風寄後轉忽經秋欲寄迴文錦無便使好生傷感人也浣紗這幾時連鮑四娘都不見來卻是為何丑是秋風滿院無人見怕到黃昏獨倚門

眼兒媚〔鮑上〕匆匆消息報兒家繡鞋踏破在塵沙想他暮雲樓畔悶拈簫管憔悴煙花

我鮑四娘一向不曾到霍家訪問李郎消息今一日無事須索去走一遭〔行介王哨上〕好作事因尋赤口故將消息惱紅顏〔揖鮑介鮑問云〕你是

原本紅衲襖四曲予以鮑請霍夫人試猜止刪霍夫

那個（哨）我是軍中打哨的、特來報知李參軍夫人的信（鮑）李參軍幾時迴來（哨）李參軍入贅盧府、正未得回哩（鮑）有這等事、你且在門外少候、待我進去與你通報（入見介）（旦）四娘幾時不來下顧、却是爲何、（鮑）偶爲貧忙、有乖清候、敢問李郎去幾年了、（旦）將次三年、（鮑）如今早則喜也（旦）驚介知他有甚喜來、（鮑）你且猜一猜看、

一

【紅衲襖】（旦）莫不是掃南蠻、把謫仙才御筆拿、莫不是定西番、把洛陽侯金印掛、莫不是虎頭牌、先鎸

人二曲爾時 波曲縈有致

賒叶音沙

嚮音

撑

甲叶音掌

着秦關驛駐皇華。與不是鳳尾旗。緊跟上渭河橋

敲駿馬。但得個俊叅軍功業賒。少不得把小縣着

封號加。可知是喜早些傳下。也不枉昨夜挑燈衡

弄花。

（鮑）猜的都不是請郡主再猜

前腔（旦）莫不是玉門關、狗的老班超、青髮華。莫不

是望鄉臺站的個陌莽蘇卿、紅淚灑、莫不是他戰酣

落日攉秦甲。莫不是客犯災星墜漢槎。（做掩泣介）

若是你走陰山介哪不住。我拚了個壞長城哭向他。

忍丟下玉鏡臺兒。也把個失侶愁鸞偏照咱。

（鮑）這事我也不好說得、現有軍哨兒在門外、請郡主喚進來、自問他便知分曉、（旦）驚介浣紗快喚他進來、（哨）兒上叩頭介（旦）是去秋倚屏風的王哨兒、（哨）夫人眼裏出水、（鮑）胡說、（哨）是是是秋波秋波、（旦）參軍爺怎不回來、（哨）參軍爺做了盧太尉府中東床、並未回厘、（旦）太尉爺幾個女兒、招了參軍爺做女壻、（哨）只這個小姐十分才貌、參軍爺相隨太尉爺移鎮孟門、郎才女貌四眼

手嘗怪琵琶記容瀟洒曲以弋麻二韻合為之使人舌強臨川此曲亦二三東嘉誤之也

相顧、因此上成就這門親事、(旦)就了麼(哨)也不由你不就(旦)泣(介)李郎、你這般好薄倖也、

泣顏回提起淚如麻。憶相逢淡月梅花。天教付與。風萍露柳榮華。(浣)等閒招嫁。劣身奇賺上了虛脚話。(合)便今朝奴待何如。分書生閃殺奴家。

(老旦上)無事[illegible]窻紗、嬌看蔓綠花沈香熏小像、楊柳伴啼鴉、[illegible]來鮑四娘在此、這個軍兒何處來的為甚麼。小姐這般悲啼不止、(鮑)這是前度寄屏風的王哨兒、報說李郎議親盧府、因此傷

推粧樓二句佳

見拆詞調頗佳第榴花泣後有合篇與曲此兩有之

心（老）那個盧□怪李郎好不小覷了人家也

前腔是咱培養出牡丹芽。倚春風幾度韶華。未曾消乏。恁般時滿堂生如畫。（鮑）做門楣低亞。悔當初錯認做雙鸞跨。（合）苦□粧樓罷掃蛾眉。把玉鏡臺又送誰家。

（哨）天色將晚小哨告回（旦）浣紗取紙筆來待我寄一書去（旦寫介）

榴花泣鸞覓離影。飛恨繞天涯。記舊約暗嗟呀。料今生無計再逢他。只除夢裏或有暫來家。偏將人

即南前腔也討遊闌琵琶以來不用此名又傳又去漁家犯二曲而合撲燈蛾二曲爲一意不盡亦併去損[illegible]其多也

悶煞近新來連夢勾除罷。（浣合）也思量舊日恩情。比新人容貌爭差。（旦）詩已寫就了、浣紗你可交付背兒着他好好寄上參軍爺、說道生數首書都藏於此。取短金釵一隻與他權爲路費、謝介下

撲燈蛾（旦）書生直恁邪。見色心兒邪。把咱看不上。蚤則吞他不下也。（鮑）那李十郎雖是風流人物、恐未必有此、（旦）還說甚風流俊雅。沒來由撞着這冤家。不由我不輕憐輕罵。（老）則問他怎生奚落女嬌

逼味當懇切

此到敢金蕉葉在琵琶記三枝頭亦然四用邊字調

娃。

尾聲【旦】奴和生一首情詩達。看日後如何見咱。【鮑】郡主且省煩惱、難道他直恁無情多半假。

【老旦】一世生離恨有餘。【旦】含啼自草錦中書。

【鮑】異時晝錦歸來後。【浣】方信烏絲誓不虛。

第二十六折 猜寄

【金蕉葉】秋鴻隨生上。愁人悶人。幾年間杳無一信。跳不出豪門網羅。撇不開舊人情分。

幾樹好花開白晝。滿庭芳草易黃昏。心隨岳色

原本刻設令二字今刪

招秦地。夢逐河聲出禹門。我李君虞自從玉關移鎮參軍孟門、那盧太尉屢有招贅之說、我詐做不知、這也非是故意粧呆、只是我心下怎生忘的夫人也、（秋）這也未必、（王哨上）愁眠客舍衣香滿。走渡河橋馬汗新。我王哨兒奉太尉之命傳播招親一事、要氣殺李參軍夫人倒替他稍一封書來此是參軍別館不免進見、（鴻）是王哨見從何而來、（哨）小哨前日爲帶夫人平安信、備了太尉、險些兒把我喫飯家火去了、近遣我赴

詩大似唐人

京慶賀劉節鎮到霍府中看看、帶的有夫人家信在此、鴻不知可曾替我帶的浣紗姐信來麼、報介哨見叩頭送書介生開看介原來是一首詩、作念詩介藍葉鬱重重。藍花石榴色。少婦歸少年。光華自相得。愛如寒爐火。棄若秋風扇。山岳起面前。相看不相見。春至草亦生。誰能無別情。殷勤展心素。見新莫忘故。遙望孟門山。殷勤報君子。既爲隨陽鴈。勿學西流水。做歎介我夫人道詩、可不錯疑我也、

三換頭琵琶記有這其間只是我不合來長安看花我與花二字皆韻脚也觀前腔這壁廂只得把那壁廂暫時撇撇把與撇可見今人為曲者皆不知此又何求多於臨川乎

三換頭鶯猜燕忖。疊就採鸞清韻。奈天南地北。音書久不聞。怎教他不斷覓。這其間空目盡那一片關山暮雲。萬種心頭悶。書中說幾分。（合）日報平安。怎只把閒愁來殢人。

（生）這詩意蹺蹊（鳴）我也道（生）哨見你敢在夫人前講甚話來（哨）沒有（生）既沒甚說話這詩那裏說起（哨）是是是那日遞家報與參軍爺太尉要拷打小的說道府裏有千金小姐待招贅參軍不許你再傳他家信小的見夫人時偶然依實

說了（生）這廝好不胡說、

前腔　他杯中笑言。花邊閒論。尋常風影。你怎生偏認眞。無端要人生忿。我那夫人呵、這其間也索閒那根由難憑口信。一搭詩兒也。九迴腸怕損（合）前

（鴻）快去好打、（背）兒下

（生）河陽不似舊關西。夜夜城南夢故妻。

（鴻）坐想寒燈挑錦字。紅綿粉絮裛粧啼。

第二十七折　勸贅

字字雙（外扮堂候官上）陞官圖上沒行頭。堂候。影

鬚上掛鼻膿、頭腥臭。老爺說話耳根頭最厚。精銅響鈔尋事頭盡勾。

自家太尉府中一個堂候官便是、官雖無一品二品、錢倒有九分十分。我太尉爺在京管十七二衛、在外管六十四營、每日各衛府營、討些些分例、私衙買辦、刻些些等頭、說事過錢、偷功募賞、從早到夜、爛鐵精銅約有一紗帽回去、(內)可不發跡了你。(堂)你不知這紗帽是破的、漏去了些些遠遠聽得傳呼太尉爺升帳、

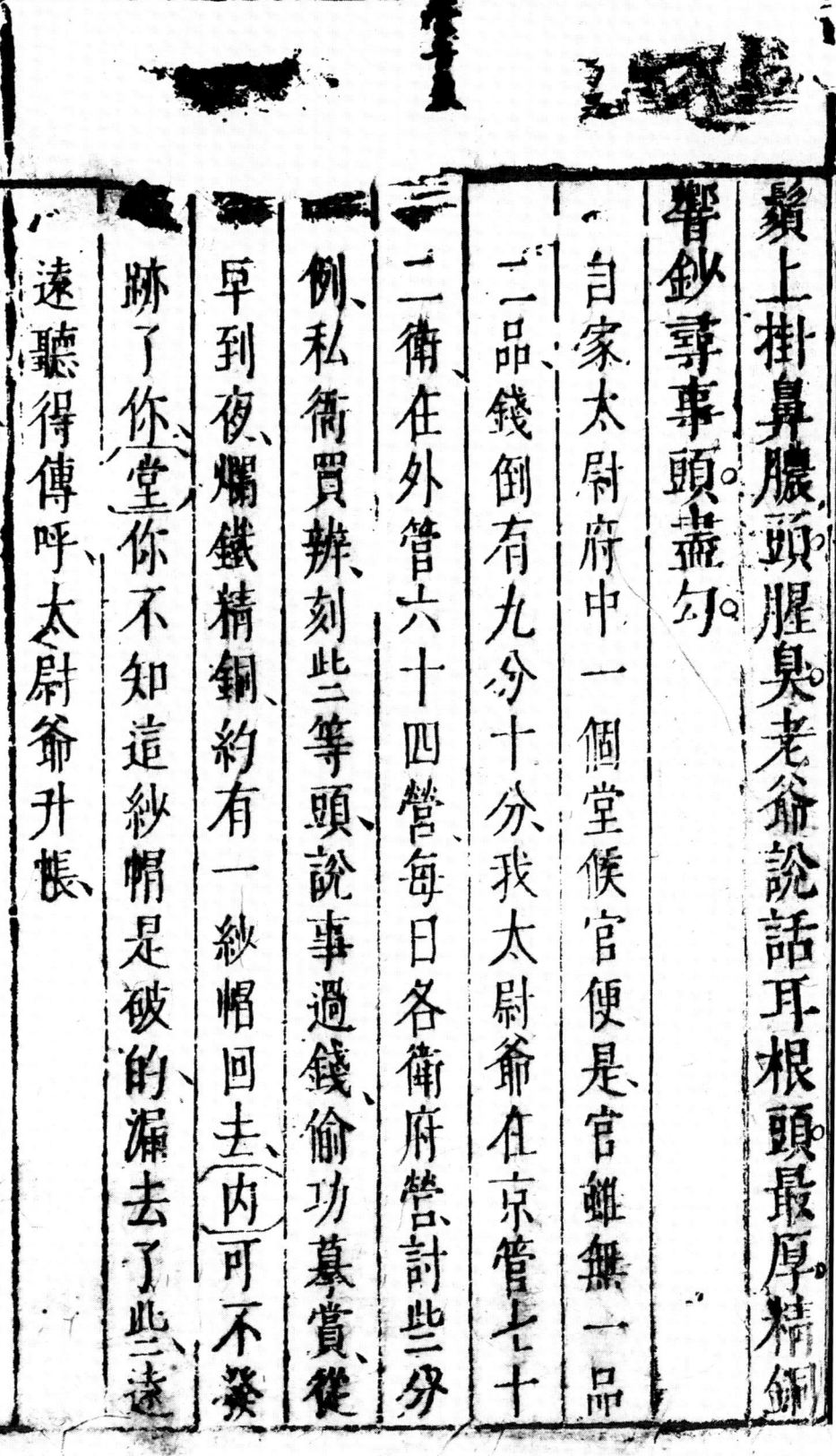

官生上場曲即下接此目、連環記洛陽宮闕也凋零呆笑調可聽鼓欲一匹布爲三棒鼓

鬧吉開

〔三棒鼓〕老旦貼執棍隨盧上一家何止十金章。兄弟雙飛在廟廊。文官又香。武官又強。口是糖。腹是鎗。三台印信吾兼掌。人稱智囊。

自家盧太尉、從孟門召取還朝、仍管太尉府事、又賜我勢劍銅鍘、凡都城内外皆屬巡緝、但有不如意的、許先斬後奏、單生一女、未逢佳婿、我一心看上李參軍、可恨此人性資奇怪、一味撇清、在孟門關外年餘、說到此事、略不依允、昨日還朝、怕他回去、將來安置招賢館内、分付把門

官校不許通其出入要他懼怕我家威勢雖然
如此還須請他朋友韋夏卿秀才婉轉勸他自
然從命那韋秀才早則來也
寶鼎兒韋上太尉勢傾朝堂何事書生相訪
見科韋寒儒久別威君復覲台顏拜揖盧秀才
暫須免禮有事和伊談論韋老太尉有何分付
瑣窗郎盧李參軍蓋世文章有淑女正紅粧你是
他知心客友借重商量要他坦腹不須強項合
任取撈龍打鳳由他撞怎脫去這羅網

紫釵記　卷下　十七

怕難做這冰相顏是語亦不傷巧

〔韋背云〕原來太尉要招贅李君虞、可不辜負了那郡主一段心事、我只得告稟他知、

〔前腔〕論攀高貴婿非常。有一語願參詳。他有前妻小玉盟誓無雙。怕做不得負心喬樣。〔淨笑介〕說甚麼小玉、便大玉、要粉碎他也不難。〔韋背云〕李郎李郎、這太山只好做個冰山傍。怕難做這冰相。

〔堂候低云〕韋先生、我太尉爺小姐招人、耗先生贊相、誰敢不從、

〔前腔〕他領鷺班勢壓朝綱。招女婿要才郎。威籠翡

落場詩後後再叮囑之語如畫家所謂渲染臨川想未知此

權勢鎖鴛鴦。你把絲鞭領下。美言加上。(韋)也不須領絲鞭作官媒、只用朋情勸他便好、(合)這其間婚姻簿上看停當。但勸取由他想。

(盧)金屋藏嬌錦繡叢。(堂)定須才子作乘龍。

(韋)僥他別揷鴛鴦翅。難出天羅地網中。(下)

(盧)堂候官、你快同韋先生去說親、只等他受了絲鞭早來回話、(堂)聽得、

第二十八折　強婚

(小蓬萊)秋鴻隨生上　憔悴尋常風月。甚拘留咫尺

南鄉子詞可詩餘

韋夏卿堂候官上原本是一書相逢引令

關山花無人問酒無人勸醉也無人管

【南鄉子】一葉早驚秋袖惹西風淚暗流夢裏也知歸去好遲留咫尺秦簫不自由　準擬架層樓望得伊家見始休還怕那人知道了悠悠自鎖重門一段愁自家李君虞從孟門關外還朝即擬過家與夫人歡聚不料太尉倚恃威權館我別宅不放閒遊知他主甚意見早晚且等堂候官來問他便知端的【韋同堂候官持絲鞭上】

【勝葫蘆】（韋）爲慕才名要結歡強逼扳攀[illegible][illegible]堂候

料得我家權勢人皆憚。這場親事管取登時便圖
圓。
鴻 呀、韋相公久候了、請進、報見介 生 別館驚逢
韋夏卿、韋 參軍今日見交情、生 歸心紫塞三千
里。韋 君虞、你薄倖青樓第一名。生 夏卿、這是怎
麼說、韋 有堂候、在此、堂候見介 生 夏卿說青樓
薄倖、為着何事。韋 君虞今日、全不想烏絲闌素
練所載盟約也。生 小弟怎肯忘了、
鴈魚錦 鴈過聲 想一風前月下人倚欄恨無端秋色

芙蓉綻。早回首春殘香夢短。奈朦朧飛不到鄉關。【韋】曾有書報平安否【生】也曾寫雲屏好寄平安見回文淚錦斑。【韋】這是回文不必提起了。【生】早難道我獨館孤眠慣。這些時正待尋個閒愁伴。【韋】恰好今日送一個伴來。【鴻鷟介】送那一個來做伴、須要賽過崔府的、

漁家燈【韋】朱顏不分孤單。怎把朝雲暮雨再去勾香汗。【生】這那裏說起、【韋】太尉府有一小姐、央小爺為媒、你可把東床笑坦。做嬌賓貴婿無輕慢。【生】作

色科云這怎麼做得、歎介背唱這姻緣前慳後慳。

堂候太尉爺十分欽慕、請收絲鞭、生待應承左難

右難。就是裏好胡顏。章你就此親好受用也生低

語夏卿、李君虞何處不討得受用、豈須於此只此

人兄弟將相、文武皆拜其下風、既有此情、也不可

驟然觸忤、當恩欽。難道我不想高攀。也可憐我愁

心幾般。那盧小姐啊他正是畫粱曉日朝雲盼。怎

向咱客舍秋風暮雨闌。

喜漁燈堂丘山。他勢壓朝班。只爲憐才。肯把仙郎

盼。怎鳳友鸞交。不成美滿。把蝶使蜂媒也恁摧殘。參軍爺豈不知太尉威福齊天、你且從長計算。暫時應諾。再自支吾未晚。韋堂候此言、深爲有理。你須不是倦遊司馬朝參懶。我只怕丞相嗔來炙手難。

漁家傲（生）些兒宦興歸期緩。沒來由睜他雙眼自投羈絆。誤嬋娟幾年。被胡沙塞塵阻人離恨關。堂候你爲我多多拜上老太尉、怎好憐新棄舊將他閃。須替我好言千萬。做個方便人間。（堂）小官自能

這紅絲且求寬限可請描出十郎心事

回話只要參軍爺收下絲鞭、為做接介(生)這絲鞭怎麼收得怎忘他探燈醉玉釵頭煖響枕餘香袖口寒。

錦纏道(堂)省愁煩。這門親應非等閒。(韋)此事只消你自回報、不須小生再行。(劉堂候唱)雖則假留難。看仙郎心事。暗已相關。(生)我衷腸向伊怎瞞。這紅絲且求寬限。(向堂候唱)多拜上你恩官。(向韋唱)夏卿兄須念我離愁別恨難驅遣。莫把柳影花陰作淚看。

原本有韋夏卿只場曲不若於未別前竹背語甚乾淨

（鴻）這堂候官便好空打發他出門、難道韋相公這幾時不相見也不留坐一坐、我須辦飯去（下）（韋背云）當初李十郎花燈之下看上鄭家小玉姐拾釵定盟拈香發咒何等恩愛、誰知一別三年竟成擔閣現留西府、還推無可奈何、聽說東床全不見有些決斷、言來語去、盡屬模糊、移高就低總成縫綣、看來世間癡心女子反而男兒、也是前緣前世、我只得報與崔允明知道、傳示郡主、另作理會、

此前有盧太尉買釵折今刪原本旦上是薄倖以見第六折故易今刻

臨川本尼持靈道椊角等

（韋）故人重見話匆匆。一自有新人富貴豐。
（堂）有緣千里能相會。（生）無緣對面不相逢。

第二十九折　賣釵

（一疋布）（旦上）割不斷恩和愛。久守荊釵須知信誓。如山海只得寬心耐。

我府中自李郎去後、家事凋零、只望他回來從新整理、誰知他議婚盧氏、一去不還、我展轉尋思懷疑未信、如今也不知他重歸京邸、也不知他還在孟門、巳曾博訪師巫徧詢卜筮、果有靈

紫釵記　卷二　二十三

吾旦稱觀音兒水曲皆弋陽派也賞與若獨四明看長卿宣城梅禹金而已

驗何惜布施一向賂遺親知使探消息尋求旣切資用屢空前後着浣紗將篋中服玩之物向鮑四娘寄賣還未到來天阿空自愁煩有何音耗兀的不悶殺我也浣上白玉郎君連歲去珍珠小娘何處來郡主鮑四娘家賣得錢七十餘萬在此旦好了就將六十萬貫了此香願其餘留下以度歲寒

亭前柳崔上半壁舊樓臺個裏畫屛開凍雲飛不去長自黯愁懷我傳消遞息須擔帶把從頭訴與

飽病難醫二句佳

那人來。

敲門相見介（浣）崔秀才、這幾日可聽得李郎消

（崔）正來傳與郡主、

書曾經打聽來。他離孟門將半載。（浣）這等怎

麼不見回來（崔）他何曾官經回到盧家居外宅。（浣）

驚介他回太尉府了、同在都城中、怎就沒些消息

是誰見來、（崔）是韋夏卿見來、說是青娥有意相留

待難道烏鵲傳言也浪猜。（浣）是韋秀才看見的、當

眞了、（合）怪從來心性乖。飽病難醫。是這窮秀才。

□到賣釵可憐可憐

〔浣〕說與旦驚介王哨兒傳言還恐未的聽崔君之談他眞個有了人家也〔崔〕郡主且休煩惱盧太尉高拱侯門李郎深居別宅夏卿傳言猶恐未的爲感郡主厚禮故此報知耳〔旦〕更煩到盧府求一眞信〔崔〕他家不比尋常自揣寒酸如何去得〔旦〕適纔酬還香願尚餘青蚨數百少佐君酒日後諸費更容賣釵相補〔崔受錢歎介〕詭憐十二金釵客剩有數百青銅錢〔下〕〔旦〕浣紗薄倖一郎到了太尉府容易打聽只是少些資財央及

羅江怨略經點竄便成佳曲世称點石為金手良亦有之

人也罷、取粧臺過來、待我摘下玉釵。夫費百萬錢。盡用為尋訪之費。(浣)小姐、這是聘釵、如何頓賣、(旦)他既忘懷。我何用此。

羅江怨 休提玉燕釵。羞臨鏡臺記上元時節釵送來把釵頭巧綴花繡牌。也落在天街。那拾的人何在。今朝釵股開。今朝釵股開。何年凤顒偕。恨雙飛閃出粧奩外。

前腔(浣)曾經結髮來。平空拆開。想舊人心上愁怎裁新人手裏價難擡。也只合留伴荊釵長向齊眉

是他做聘財三句此曲中三昧也斷非諸山所能

此處即點出侯景先便可省原本傷感一折

戴是他做聘財是他做聘財是他惹禍胎焉知後來人不似我前人賣〔浣〕捧釵科我去也〔旦〕哭唱

香柳娘看釵頭玉燕看釵頭玉燕嘴翅兒活在銜珠點翠堪人愛本雙飛鏡臺本雙飛鏡臺當初為此諧一旦將他賣〔合〕好擎奇此釵擎奇此釵裝定紅絲還把鈿金盒蓋

〔浣〕小姐我將去也〔旦〕我再囑付你這燕釵價值萬鎰恐世人不知你只央玉工侯景先轉賣必

[illegible]抽支切 倘那人到來 等句為釵圓 俗本 原本有尾聲 今刪 [illegible]首絹

得重價。

（前腔）燕釵梁午飛。燕釵梁午飛。舊人看待你休供古釵落井差池壞。倘那人到來。倘那人到來。百萬與差排。贖取歸來。（合前）

（旦）從此賣花釵。　蛛絲罥鏡臺。

（浣）憑誰招薄倖。　還與拾釵來。

第三十折　泣玉

風馬兒（盧上）兵符勢劍玉排衙。春色照袍花。千官日擁旗門下。當朝第一人家。

此臨川所增
非[illegible]得做法

我盧太尉嫁女、何愁沒有貴客、只爲那李參軍、倚恃狀元、長來作梗、偏要降伏其心、早晚收買玉釵、爲我女孩兒上頭之具、已曾分付堂候官、多時了、還未整齊、好生不中用、（堂候上）踏破鐵鞋無覓處、得來全不費工夫、稟老爺、買得侯景先紫玉釵一對在此。（盧看介）好精工也。景先從何得此、（堂說）來可憐、便是參軍爺先位夫人霍王府中之物、家貧零落、賣此爲生、（盧作沉吟介）我正思一計、牢籠李君虞、此事諧矣、堂候官、你

此下有李叅軍盧太尉東閣令二曲今刪

可知霍家有甚女流往來。〔堂〕聽得王哨兒說有個鮑四娘往來、〔盧〕你可去請叅軍到此、叙事中間教你妻子扮作鮑四娘之妹、鮑三娘、來獻此釵、說他前妻有了別人、將此釵賣、待李郎見惱、自然棄舊從新、你就請李叅軍去、正是暗施刻燕釵頭計。明要乘龍鏽腹猜。〔堂候〕理會的、〔下〕

霜天曉角〔生上〕春明翠瓦。綵戟門如畫。徘徊青蓋拂烏紗。寶鐙雕鞍下馬。〔堂候通報見介〕〔盧〕客館題春興、〔生〕軍麾拜下風盧江山養豪傑生禮數困英雄盧笑介好個禮數困英雄、且請坐、下官有一小女、年已及笄、昨請韋夏卿先生為媒、願配君子、說有前夫人、此乃不忘舊也、丑扮鮑三娘持釵盒上注嘴凸來紅一寸、粉腮凹去白三分、假作鮑四娘、姊妹都相像、則俐踹不的紅靴脚大尊見介太尉爺、老婦人叩頭、盧你是誰家丑鮑家盧因何而來、丑聞公相家小姐、要紫玉釵、有見成的獻上、盧正好、取釵來看、堂候取釵上科盧做看科云好精

賞元宵時拾來的是戲中關目

細小燕穿花。誰家的把紅絲兒繫了。好一個鈿金盒兒。生借看介背云這釵似曾見來、他說姓鮑、敢認得鮑四娘、就好問霍家消息。回問介賣釵的婆子姓鮑、敢有姊妹麼。丑有七姊妹老婆子第三。生可有鮑四娘麼。丑是俺妹子、他該諧會作媒、老婆子性直、做些小交易。生這釵何來、丑是婆子的、生看你衣裝、不似有此釵的。丑實不相瞞、是鮑四娘央我賣的。生他從何得此。丑他說是賞元宵時。有人拾來的。

太平歌即東

獅子序【生】從何處是那家猛然間提起賞元宵歲華數隊釵人遠還記根芽甚來由向靈心撇打冬則是雲髻懶月梳斜鏡臺邊那年留下【丑】李老爺好俊俏眼興【生驚介】終不然霍府之物【看釵唱】覷了他兩行飛燕一樣銜花

【掩泣介】這釵緣何到此

太平歌我也曾探音信泣年華眼見得去後人亾將物化【丑】人是不死丢在那裏【生】終不然舊家門戶恁消乏却貪着黃金價【丑】如今貧了那裏討甚

器無此是一調耳原本平仄不諧處聊改之

麽舊家門戶、(生)終不然、別嫁了人那裏有彩鳳去
隨鴉老鶴戲彈牙。
(丑)老爺這般傷感、敢認的他家老婆子着說起、
一發可憐這府裏有個郡主、招了個丈夫、一去
不來、有個什麽韋秀才、郡說他丈夫在別家招
贅了、他初時也還不信、後來訪得明白、整整哭
了一個月日、又是我妹子爲媒、招了一個後生、
因沒使費、只得賣了此釵、(生哭介)我的夫人呵、
(丑做驚介)原來就是參軍爺夫人、老婆子該萬

句佳

答叶音打
向有常言道
耙了个個不
如先個此必
豫章諺語故
改之

〔死生悶倒介〕〔堂候忙扶介〕
賞宮花〔生〕是眞是假是釵頭玉筍芽便做釵無價
也道不得玉無瑕〔歎介〕夫人夫人他去即無妨誰
伴咱他縱然忘我依舊我憐他
〔丑〕好個參軍爺這等念舊也〔生〕再提釵看介
降黃龍寃家眞個無差好些時肉跳心驚這場兆
答古人道男兒愛後婦女子重前夫你聽後夫說
話賣了釵有日想李十郎只怕你要悔也那人怎
麽記當年曾愛兩家〔盧參軍〕婦人水性大丈夫何

揷叶抽䊵切原本齊眉擧案斜飛揷下云秋雲橫惜春香肩壓以

愁無女子乎。昨遣韋夏卿相勸令霍家旣去此天緣也。（生）休咱。我見歎思焉。須不是野草閒花。夫人兀的不痛殺我也。只待要生把玉釵吞嚥。（盧）快不要。可不嚥殺了人身難得。參軍不如且收此釵去。百萬之價。待我府中自償他便了。（生）謝收釵介

【大聖樂】懷袖裏細捧輕拿。似當初梅月下。還記他齊眉舉案斜飛揷。到今日暗嗟呀。（盧）便倩鮑三娘爲媒。以此玉釵行聘如何。（生）蚤難道釵分意絕出

不合調改今句

牛落自家兒相思今删

他罷。少不得鈿合心堅要再見他。〔盧〕還不肯承名
旣如此待我敲斷了這釵罷、〔生〕任伊鬧刮。怎忍見
玉釵敲斷。淚珠彈灑。
〔下〕〔盧〕吊場、叫堂候的妻子過來、分付你不許漏
洩事成之日賞你丈夫一個中軍做〔丑〕叩頭謝
〔介〕〔下〕
〔盧〕秋風紅葉不成媒。　分付春庭燕子知。
〔堂〕好去將心托明月。　倩勾明月上花枝。

第三十一折　撒錢

臨川改二詞今者只行香子亦譜誤何也今改訂

詞中窺粧索向還疑在枕邊床上甚佳但以下多一句刪之

〔行香子〕〔浣扶旦作病上〕去也春光瘦也容光盼不到舊日風光爲伊蹤跡費盡心腸〔浣〕歸來好知他是甚時光

〔三〕蕙帳金爐冷篆煙寶釵分股合無緣菱花塵滿慵將照多病多愁損少年〔浣〕紉紫玉燕釵見我心愛一時賣了好悶人也

〔玉山鶯〕玉釵拋漾上頭時縈紅膩香爲寃家物在人亾這幾日意迷神恍〔浣〕小姐這幾日早起呵窺粧索向還疑在枕邊床上〔合〕猛思量原來賣了空

前賣釵折有央土工侯景不輕賣語今又詳言此曲中再細道說則下次去先送錢未賣有情此鏡中前後照應之法

斷簪殘髻留伴鏡中霜作句也

自搵啼粧。

〔浣〕小姐、當初侯景先雕成這釵、送來時節、老夫人賞他萬錢、好不貴重也

〔前腔〕〔浣〕他是內家巧匠。費雕鏤工錢倍常。如今賣釵呵、有那插釵人、是個溫存的、依前還我原價、若遇着一等不識貨的、那窮婦人無分承當、倒說我擡高價做成喬樣〔旦〕我鄭小玉、一眼看上李十郎、今日賣了釵也。路傍喧講。道當初墜釵情況。〔合〕爲誰行。斷簪殘髻。留伴鏡中霜。

簡侯景先見鈔萬傷感折已删故叙其語於此

侯景先領雜挑錢上受人之托、必當終人之事、自家侯景先、便是替霍家郡主賣釵、得百萬錢、在店中好幾時了、沒人來取、我老人家、只得覩自送去、還他、想起霍府要我做釵時節、只工價也賞我萬錢。怎麽不勾幾多年。又將這釵賣了。貴人兒女。失機落節。一至于此。我將盡之年。見此盛衰。倒也不覺傷感。歎介如今且送錢去、裏面有人麽、浣是老侯來了、待咱通報、見介旦賣釵可得價麽、

紫釵記　卷下　三十一

原本侯景先曲是桂枝鎖南枝今改玉山鶯以從前調

前腔【侯】我向朱門徧訪幸連城能將價償【浣紗】數錢科是有百萬了、牙錢那家可曾與你、【旦】問他賣在那一家、【侯】是當朝盧氏門壻。爲愛女上頭停當。【旦】驚介【浣紗】你快問他、可就是盧太尉家麼【侯】正是、【旦】他既到盧家、可曾見我家參軍來、【侯】容咱細想。小人記得了、說那日有個官兒說向道東牀是隴西人氏新中狀元郎。【旦】泣介天下寧有是事乎、我霍小玉的燕釵。倒去盧家插帶了。【旦】倒介【侯】玉剪江魚尋老手。釵分

此曲不合調又不叶韻今陵正此須用散套晴思昔日配春嬌唱法

海燕泣春心（下）

小桃紅（旦）慵提起曉粧樓上貼花鈿。滿望得成姻眷也。定道是儘今生相守不相捐。那知他別戀上俊嬋娟。把當日畫蛾眉、並香肩、携素手忍下的心盟變也。擔悞殺二九芳年。（做悲介）我霍小玉的燕釵、倒去與盧家插戴、兀的不氣殺我也。空擲斷這玉釵頭。做不得鈿文鴛。

（浣）小姐、這錢一個個開元錢、都是好的、（旦）要錢何用、

作者即元人為之不能過也惜青苔面下少一句予為補之

此下原本有醉歸遲曲幾絕近矣今刪

【下山虎】一條紅線。幾個開元。濟不得我閒貧賤。綴不得我永團圓。他永圓個子母連環。生買斷夫妻分緣。沒耳的錢神聽我言。正道錢無眼。我爲他疊盡同心把淚滴穿。覷不上青苔面。要他枉然。撒錢介【亂灑東風。一似榆莢錢。】

【浣】阿呀怎生撒去了。可是撒漫使錢哩。【崔上】旅舍貧儒。朋踏草高樓。思婦怕看花。這幾日不餘到霍府問郡主。消息。取幾貫錢使用。呀裏面爲甚事。這等悲諠。見錢撒地作驚介【浣紗姐[illegible]秀

數[illegible]崔

才終日奔波貸錢、不得怎生這裏將他亂撒滿地。(浣)你不知、要訪李郎消息資費乏絕將玉釵央王工侯景先去賣、可可的正賣在盧太尉府中、得此百萬錢如今這釵盧小姐插戴與李郎成親了、(崔)眞個李君虞、你可也有時遇着我崔允明數落你一番、怕你不動頭也、(旦)果如所言崔君清客浣紗將錢奉上、聊充酒費、容奴家拜謝、(拜介)

憶多嬌 借美言續斷緣。斷續姻緣須問天。滿眼春

要得團圓三
句倖

愁花樹邊。〔合〕要得團圓。要得團圓。還似相逢那年。
哭相思〔合〕我心中人近人心遠。要得他心不忘我
心邊。他錢堆裏過好日。我釵斷處惜華年。〔崔〕小生
告退、〔旦〕加宛轉。促留連。看落花飛絮。是我命係懸。
若得他心香轉作迴心院。抵多少買賦黃金斗十
千。
〔下〕〔崔吊場〕好花期客客不至。歎息傍人人自憐。
看來那生、為尋訪李郎、破散家資百萬、我三年
間受之惶愧、要徑造李郎、他又被盧府拘制、早

欲見夫妻一片心二句是改造成語之佳者

朝晚歸不放參謁怎生是好怎个有了崇敬寺今春牡丹盛開約韋夏卿酒館商量去請李郎玩賞酒中交勸或肯乘興而歸正是欲見夫妻一片心須聽朋友三分話（下）

第三十二折 醉評

（老旦扮酒保上）酒店門前三尺布人來人往圖主顧好酒做下一百缸倒有九十九缸似頭醋自家乃崇敬寺前大街上一個有名酒館小二哥便是且喜今年牡丹開盛約有半個多月不

花襯馬蹄驕三句亦時曲中不易得者

花君子、往來遊賞、須索在此守候、凡有喫寡酒的、喫案酒的、兌酒去的、包酒來的、咱都不悞主顧、遠遠望見一個活神道來了、

【鎖南枝】黃衫客挾彈騎馬跟淨扮 雜隨從上

風光粲。雲影搖。嬌帽輕衫碧玉縧。花襯馬蹄驕。俠骨天生傲。自家黃衫豪客是也、春歸花落草齊彈烏一會呀、前面是個大酒店、胡雛、問酒保、可有澹黃清數十瓶、待我打鳥回來暢飲也。淨問介、保有介有有、豪珍珠滴滴幾樽。待我打圍歸醉花鳥。下

原本崔章上各自一曲今以兩半合成之

【前腔】崔上青旗上酒字飄步轉東風尋故交。一步步過斜橋。詩打就殘紅稿。酒保有麽、保應介崔我有朋友韋夏卿來此講話、案酒排幾個來【保】有、請裏面坐、【韋上】聽提壺喚春色濃。兔把我老明經乾渴倒。

【見介】原來崔允明兄、先已在此、【崔】小弟專待兄來商量李君虞一事、只今崇敬寺牡丹盛開、要將郡主所贈金錢作酒。邀請李君虞吟賞席上使幾句言語攢聒得他慌。不由不回頭也。【韋】老

亡令心語非韋莫能道

兄不知盧太尉當朝權勢、出入使兵校隨着李君虞不許私出府門、但遇交遊之中有說及霍府事者、即令兵校以白挺擊之、且盧家刺客布滿長安好不利害哩、〔崔〕常言道、得人錢貫與人消算、也要盡你我一點心耳、

〔前腔〕把孤鸞賺。去鳳招。受他殷勤難暗消。我二人呵、似接樹老花妖。惜樹連枝好。〔韋〕只怕他冷心情會作喬。苦了我熱肝腸替煩惱。

〔崔〕此事可于後日、在此崇敬寺牡丹花下、做酒

中有黃衫
嶺南校尚
依譚白俱

三筵就煩這酒保去盧府下請書啟請李參軍
赴宴、保門上難進、怕他生疑、韋我有一計只做
無相禪師請他便了、保這個使得、二位與我再
倒一壺、
前腔豪上流鶯巧。翡翠嬌彈珠兒打來雲濕高金
鐙寶鞭敲。旗亭外把銀瓶吊。呀、兩個秀才在此那
答兩生可也不伏。喇困黃粱是這那鄲道。
豪作舉手介請了、崔韋作避介云高樓後客儻
前客。深院新人換舊人。我等迴避、准在後日崇

□郎參切
十三年前借
馬事緒有
照應

敬寺相會〔下〕〔豪〕目送二生云何處擺出兩個酸俫、〔從〕這兩個秀才、好生眼熟、似三年前。一個借鞍馬的韋先兒。一個借俊僮的崔先兒。〔豪〕借人馬何用、〔從〕是隴西李十郎。就親霍府。借去應光的。〔豪〕問〔保〕兩個酸俫、到此許久、〔保〕好一會〔下〕〔豪〕覷[illegible]殺介這盤中何所有、〔保〕是五香豆豉、〔豪〕那呢、〔保〕十樣錦豆腐〔豪〕作笑介這狗才幾歲見豆腐皮、做出十樣錦、去哄弄那窮酸、可憐人也那兩個有甚商量、消停許久〔保〕爲那隴西李十郎、

因喚歌妓引出鮑四娘此等串法新不可少

贅了盧府小姐休棄前妻那前妻害病懨懨不起、兩個商量、借我家擺酒在崇敬寺、請李十郎去賞牡丹、勸他回心轉意、又怕盧府威勢、不敢深說、說起那前妻、好不恓惶人也、（哭介）（豪）原來有此不平之事。酒保且將酒過來（保）酒有（豪）近間可有名妓、喚幾個來（保）對門有王大姐隔壁有劉八兒都好（豪）這都是些菜瓜行院怎麽使得（保）好了、這不是鮑四娘來也、

前腔（鮑上）歛紅袖鞞翠翹聽子規窗前啼不了。覰

此下有黃衫客鎖南枝曲白俱刪

首二句絶似元人予以為川出黃衫客之口乃佳故改鮑奉酒而客起調此見散套窺青眼曲唱者頗以為難臨川當不解此

了那病多嬌淚向王孫草。（保接介）小堂有客相請、鮑作覷介覷他丰神俊結束標料多情非惡少。（保）識貨（豪作見介）久聞鮑四娘女中豪俠、今得一見果不虛也、酒保取酒過來、（鮑送酒介）

【白練序】（豪）金杯小。把偌大閒愁向此銷。恨不得逐日買花簪帽。芳郊景物饒。被啼鳩聲中笑二毛。還待要錦韉呼妓。金屋藏嬌。

【醉太平】（鮑）休喬。如許丰標。管敲翻玉鳳。換典金貂。凌雲意氣。且共樽前傾倒。閒駝陌頭。風老雉媒嬌。

而以白練序加素帶兒一曲酹月云後加降黃龍一曲謬矣至若素帶兒即白練序誤作二曲尤謬之謬者也白練序四曲其中句字全與本調不叶並為竄定以訓授歌者庶無畏周郎之顧矣

忍孤負洛陽年少。試看取草綠裙腰花紅繡口。幾春恁好。

白練序〔豪〕偷瞧。錦陣妖紅顏未凋。堪憎處也費得幾段紅綃。吾曹浪自豪。枉撩斷吟鞭碧玉梢。從誰道西風消水半竿殘照。

四娘適從何來、〔鮑〕到霍王府、問郡主病來〔豪〕因何病害、〔鮑〕他心慕才子李十郎、因而招嫁、不想十郎薄倖、就親盧太尉府中、再不回步、如今郡主病染傷春、敢待不起也、〔豪〕可有了人麽、〔鮑〕謹

小玉心事須鮑四娘發之

守誓言有死而已、〔豪〕世間怎有這不平之事。不知他當初分別怎生道來、

〔醉太平〕〔鮑〕在灞橋殷勤送別。誰知去後竟如天杳。把珠釵拆賣訪問薄情音耗。〔豪〕怎又害起病來、〔鮑〕難熬。相思一病已成痨。憔悴殺玉容花貌。〔豪〕病也還好麽、〔鮑〕多應不好。〔豪〕那人可回、〔鮑〕再休提薄倖。為他煩惱。

〔豪〕胡雛取紅綃十匹與四娘作為纏頭之費、

〔尾聲〕你凄凄切切愁多少。只我管鷹老手拈不出

黃衫客大是豪爽

鳳絃膠（舉手介）咱兩個一笑相逢心上聽。

（鮑下）（豪吊場）冷眼便爲無用物。熱心長作不平人。俺看李十郎這負心人。爲盧府所劫。棄前妻小玉。一病至此。乃人間第一不平事也。俺不拔刀相救。枉爲一世英雄。叫蒼頭你將金錢十萬。送與霍府去。教他明後日作大酒筵。他問設酒因何。你只說到時。自有分曉。（淨）稟主翁。畢竟爲何。（豪）不須多問。明後日人馬整齊粧束跟俺崇敬寺賞牡丹花去。正是立拔寶刀成義士。坐敲

金盞勸倦人。（下）

第三十三折　入夢

原本旦唱一江風上今改怨東風引

怨東風（旦病浣扶上）鬼病懨懨損落花風片緊。多應無分意中人。恨恨恨。夢淺難飛。魂遥欲墜。人扶越困。

浣紗、我自聞李郎盧氏之事、懷憂抱恨、周歲有餘、羸臥空閨、遂成沉疾、如何是好。（浣）郡主你日夜悲啼、都忘寢食、期一相見、竟無因由、冤憤益深、委頓床枕、依浣紗愚見、想李郎當日懇切盟

本四曲而刪其二不欲盡豆力耳二詞甚有元人伎倆

識叶傷以切

惜叫音洙

食叶繩喜切

言未必拋殘至此倘期後會且自寬懷

【集賢賓】旦道相看三十言在耳做夫妻到此無詞別後無書知不美沒來由拆了身奇陪了家計博得那一聲將息堪憔悴不傷心也是舊時相識【作嘔介】

【前腔】【浣】你可自把千金軀愛惜少年人生寡難為保重紅顏圖後會也須是進些茶食穩些眠睡好伏定翠圍香被儻然的有夢中來故人千里

【旦】道也說的是待我睡些咱【做睡介】【老旦】上才

原本作鮑四娘上〻〻段鄭夫〻〻鹽巳〻醉許析且諱喜奴罵酒語不宜重[illegible]灼人近

郎薄倖羞回首美女傷春病捧心兒樂、你身子可也好些麼呀、原來睡裡【旦驚醒介】李郎、只被你悶殺我也。

【黃鶯兒】正好夢來時。戶通籠一覺回陽臺暮雨連愁起。【老旦】見可是夢中看見李郎那、【旦】咱思量夢伊。他精神傷誰。猛相逢劍俠非常士。着黃衣分明遞與一緉小鞋兒。

【老旦】鞋者諧也。料李郎必來重諧連理矣。

【前腔】此夢不須疑。是黃神喜可知。一尖生色鞋兒

每下場諸是無意中得者然所謂行家大率如此

來音叔

記（浣）費金貲訪遺。上金錢禱祈。惹下這釵天仙。上金蓮配。（合）賀郎歸同諧並履。行住似錦鴛鴦。（淨扮豪奴雜持錢上）世上無名客、天下有心人、俺主翁分付、將錢十萬、送霍府廣張酒筵、已到他門首、裏向有人麽、（浣上）是誰、（淨）俺家主翁要借尊府會客送錢十萬、求明後日做下酒筵、（老旦）差矣、這不是包酒人家、何得如此、（淨）敢借花竹亭臺一坐、（老旦）你那裏知道、我家比往日不同了、往日粱園多種竹。歲久無人森似束。舞榭

用楚詩亦得

一傾欹樹少紅。歌臺蹋澹苔攢、塵埋粉壁舊花鈿。鳥啄風箏碎珠玉。至今簾影反挂珊瑚鈎。指似傷人堪痛哭。我家坐不得了也。（淨）做擲錢介到頭自有分曉、知音那用推辭、（下）（老旦）疑介、這厮是何主意那、

簇御林（旦）非親故甚意兒。無名錢天上至。（浣）似金錢夜落花容易。這青衣童子來傳示。（合）轉堪疑舊家零落何客賜光輝。

前腔（老旦）纔圓夢覺有奇。送金錢甚所爲。（旦）怕又

此又是賈釵的妒女來調戲刺心語也

是賈釵的妒女來調戲。可文君新寡。惹這閒車遊。
〔合〕事難知。不速之客。或是好因依。
〔老旦〕浣紗你好好的扶小姐睡去
〔老旦〕心病除非心藥醫。〔旦〕繡鞋猶有夢來時。
〔浣〕何人詔此金錢會。〔老旦〕喜鵲烏鴉總未知。

第三十四折 遇俠

〔秋鴻隨生上〕〔鷓鴣天〕薄命情知怨負深。個中消息費沉吟。能存鏡裏纖纖玉。那得釵頭艷艷金。[illegible]思往事。辨來今。上頭時候鏡初臨。分明認得

秋鴻白曲皆予所增覺有做

舊本李泰軍新錄四曲別

還疑錯。袖向青衫淚滿衿。我李君虞爲盧家勢壓、霍府情疎、不知夫人存亡、忽見賣釵情事、使人氣傷咽倒、今日閒坐客舘、甚是無聊、怎得個散心去處、等我消遣一消遣也好、（秋鴻）老爺若真個思想夫人、便怕太尉權勢、不好到霍家去該着我秋鴻私下通個音信、怎麼連我也禁住他府裏、敢是老爺要做盧府姑爺哩。（生）胡說、袖中出釵做看介

【江頭金桂】難道你紅顏薄命。正好樓心看月明。爲

是一折今併入賞牡丹之前曲亦改用其半 領頭鳳史接脚牛星元人亦有此語 此曲李參軍与秋鴻分唱共前雜以諧語益為第三十五折張本 稍知音者便能賞之

問玉人何處雲鬟偷並好姻緣看忒輕斷你別弄簫聲再塡河影是誰做領頭鳳史接脚牛星你全然忘却那會情想賣釵時候翠減香賸笑娉婷如今摘下釵頭燕甚日嬌迴枕上鶯

（鴻）看甚麼釵只是就了盧府親罷

前腔你本是多才薄倖則道無情還有情料的來兩層招嫁一時乘興冷思量閒記省他所事精靈自心盟證怎肯因而奚落遂爾飄零想來莫是他寃夢境記墜釵時候十分僥倖美前程難道他水

性言無定。我則怕風聞事欠明。
（酒保送請書上）來邀帥府風流客。去看空門富貴花。今日爲崔韋二秀才、置酒崇敬寺、請李參軍爺賞牡丹。來下請書、怕他門下有人隄防、只說無相老和尚、着我來請、（把門軍校上）哇、誰人行走、（保）崇敬寺無相長老、請參軍爺賞牡丹、（校）敢邀到別處去、（保）老和尚有何處去、（校）通報介（生取書看介）知道了、禪師與我有舊、即刻就來、（酒保下）（校）老爺須稟過太尉爺去、（生）我要去賞

戲至此人力已乏矣安能更唱高陽臺如琵琶記夢

牡丹、稟太尉怎的、（校）太尉爺分付叅軍爺所在行動、着軍校數十人、以自擁護從、（生）這個隨你們、要去自去、正是佛院本開香世界、春遊聊結靜因緣、（鴻）我這幾日也悶的慌、且看看牡丹去、

（同下）

高陽臺引（崔上）芳月融晴。禁爐熏煖。無奈春光嬌縱。（韋上）御陌鶯啼。望到舊遊賓從。（見介）（崔）夏卿兄酒筵已設、只等李君虞到來、如今也怕不得盧太尉這許多了、我和你須索勸他回頭纔好、（老旦雜

遠親羣引子乎即以前半曲分授崔韋李先後唱上可也

執棍擁生同秋鴻上（生）官袍荏苒花間意倩東風盡日傳送。（合）倚新粧沈香亭畔。那年供奉。（衆）揖介鴻呀崔韋二相公俱在此、（崔）燕歸巢後即離羣、（韋）吟倚東風怯晚春、（生）獨在侯家正惆悵、（合）牡丹時候一逢君、（崔）十郎自别秦川數年不見好忘舊也、（韋）今日請君虞花前賞玩是話休提、且看酒來、（校）韋相公、這是和尚的酒厮、怎生你兩個替他作東、（韋）你不知這和尚不出來了、他叫做見花羞。（酒保）酒到、（韋崔）送酒介

原本高陽臺六曲今北調其二以此後尚有南北詞故前宜稍簡俗謂之壽星頭亦載中所忌

二曲皆太文非元人所尚然凡玉玦諸記亦自勝之

【高陽臺】【韋】翠蓋籠嬌。青猊臭韻。綴壓枝頭春重。轂晴雷。飛斷六街塵。整生歡鬧。倚粧春色如有。怕春去未禁攔縱。【合】唯願取名花傾國一樽長共。

【崔】十郎臙紅粉紫。誰不玩賞。只那幽廊絕壁之下。有白牡丹一株。素色清香無人揪採。可憐可憐。

【前腔】【崔】悲痛。素色鸞嬌。清心鳳尾。別是玲瓏一種。悵月下初歸。東風倚闌誰共。【韋】相諷。閒庭一枝渾似水。便雲想衣裳何用。含他無限恨。斷魂欲語暗

慈恩白牡丹
詩用得着

香遍送。
（韋）君虞、今日玩賞就將牡丹爲題成一絕如何、（生）
正好、（韋）君虞請先、（生）長安年少惜花殘。（崔）爭認
慈恩紫牡丹。（韋）別有玉盤承露冷。無人起就月
中看。（生）作歎息介（崔）十郎爲甚沈吟、再向迴廊
外散步一散步、（行介）豪士黃衫帶從人捧劍上
好不盛的牡丹也、擺鼓催敲一捻痕。艷嬌堪領
百花尊。紅羅一尺春風髻。翠袖三生日暮聽。
得負心漢李參軍、在此賞花。沒些時酒鬧何處

起語自佳

此折用支思韻。蓋臨川熟於元劇。知可假借故也

一也。

〔新水令〕我則爲這牡丹風吹起鬓邊絲。抵多少會賓堂酒牌金字。須不是宴慈恩塔上題。又不是和靈隱月中詞。兩三個酸俫在茲。消受些喫一看二。拿三說四。

猛想起來、唱要詠詩、無義漢何難、只是惜樹憐拿修月斧。愛花須築避風臺。且跟他到那邊聽說甚來、

〔南步步嬌〕〔崔〕提起。可憐人是鄭家子。〔生〕低問近日

怪不得撇了舊人二句佳

如何(韋)他鎮日家啼紅漬流光去幾時子母孤貧。韋你成何事。(生歎介)道他有個人了、(崔)他甘心爲你守相思。怎生棄置他懨懨死。

(校)崔先兒、你說甚麼相思、管這等閒事、敢待討打吃、

折桂令(豪)暗端相典雅風資。怪不的撇了舊人。湊上新知。便做你漢相如有萬種才華。怎尋覓卓文君半點瑕疵。早則是有情人、空房悶死。惜花人心事憐慈。聽他刎頸交切切認認。惹的俺熱腸人念

权门取次看行止下少一句今补足

急孜孜。

江兒水【生】接蘖心如刺。看花淚欲滋。【旦】風光甚麗。草木榮華。傷哉鄭君。銜寃空室。恨嬌香只爲多情外。【生】二君定不知我只爲盧太尉恩禮、宛轉支吾、挪留就親盧府、誓盟香那得無終始。傍權門取次看行止。【崔】君虞乘興一見鄭君何如、【生】搖頭介怎敢造次便去【韋】那人早晚待君永訣、足下終能棄置。實是忍人【崔韋合】我兩個爲他傳示。仔細思之。丈夫不宜如此。

【校】上韋先兒也管閒事、豪士上上列公請了、這一位非李十郎者乎、某族本山東、姻連外戚、畹之文藻、心賞樂賢、仰公聲華、每思覩止、今日幸會、得覩清揚、某之敝居、去此不遠、亦有聲樂、足以娛情、妖姬八九人、駿馬十數匹、惟公所愛、但願

過平聲

一過、【崔】韋有這繁華所在、且往領盛意、美酒笙歌、妓懷爲妙、【豪】在下有馬數匹、揀一匹駿氣的、背上李郎、二君隨後而來便了、【崔韋】既如此請了、且逐金九去、高嘶寶馬來、【下】【豪】胡雛、快取一

臨川北曲中獨此多失粘者今改正

騣音宗

匹追風駿馬來（末牽馬上）

鷹兒落帶得勝令（豪）有幾匹駿雕鞍是俺家照夜獅。有幾個俊蒼頭是俺家山海使。馬呵遂得你千里心。奴呵幹得你三分事。馬呵三騣乍翦絡青絲。奴呵雙眉如畫粉紅姿。我可也爲甚麼見良馬思君子。爲傷人贈待見。非是我賣弄着家貲。你便有金谷園應難似。休得要推也麽辭。只看咱點鞭梢雲外指。

（校惱云）又一個管閒事的人。你不聽得我盧府

此曲凡錦堂月後皆有之臨川作此往往舛謬由不知南曲板眼故也

威風麽、參軍爺待做我府裏東床、引他那裏去

你見我手中白棍兒麽

【僥僥令】這棍上有盧字。（豪笑介）有盧字便怎的、（校

惹着的便一棍兒。參軍呵、他坦腹乘龍衣金紫。你

有銅斗兒家私你自家使。

【收江南】（豪）呀、怎禁持的李學士沒參差。盧太尉甚

娘兒。比似俺將你老東床去了也。那廝和你家小

姐對情詞。（做拔劍介）看劍兒雄雌。不甫你一個來

一個兒休。

此處須作徘徊不前之狀纔得做法

［校］收棍做怕［介］和你要哩拔劍怎的、難道殺人不償命看你家金谷園去、只要管我們一個酧［豪］叫　挾李十郎上馬［並］馬行［介］［生］前跕相似勝業坊［又］行［介］［生］問云前面望見曲頭［又］行［介］［生］將次霍王府哩、［豪］問他怎麽［生］叫秋鴻問云他們怎認得這所在

園林好曾相識。這花驄小廝。［奴］叅軍好服色哩、［生］轉前坊舊家在茲。承相招、可有別路到潭府、［豪］徑須從此、［生］迤邐驀然來至此。過他門甚意兒。過他

秋鴻要看浣紗鞋是諢語然亦可動主人之心　程音汀

紫釵記　卷下

門甚意兒。

【鴻】你不肯去、我自要去、看看浣紗妞、

【沽美酒帶太平令】【豪】穩着你鑽鞍韉花外嘶。來着我老崑崙無詮次。這些時那一個不醉淥紅香弄晚颸。是誰家美人獨自。是誰家坊門偏似。我呵淮水契相知幾時。燻花擔咲咨怎辭。呀比似你逞精神。長則在醉鄉逗人閒事。

【生】天色漸晚、小生薄有事故、改日奉拜、【作鞭馬欲回】【豪控生袖介】敝居咫尺、忍相棄乎、

問你賞花人有甚旁薄事此元人語也臨川為北詞多得之

原本旦貼各有然東風引今刪去即唱山坡羊二曲是鮑則用粉蝶兒引上皆戲中轉換處哈音台

過眼花殘斷頭香盡即置詩餘中何別

（尾）問你個賞花人有甚麽旁薄事則待拗雙飛撒馬多回次。可也要會人情。把你秀才家性兒使。（下）

第三十五折 釵圓

（山坡羊）（浣扶旦上）冷清清困人的星運。鬧氳氳攪人的方寸。虛飄飄躭捱已身。軟咍咍沒個他丰韻。病的昏悶。他春幾分。軃也軃也軃不穩。過眼花殘。斷頭香盡。傷神。病在心頭一個人。消寬。人似風中一片雲。

（前腔）（浣）瘦厓厓香肌消盡。昧嵬嵬眼波層困。怯鼓

此下有山桃紅二曲及尾聲並刪

設聲息一絲。惡丕丕嘔不出心頭悶。他脫了神。當時畫的人。猛然間想起今難認。一會兒精靈。一會兒昏暈。(合)花神。多是殘紅送了春。東君。早辦名香爲反魂。(旦)浣紗。我病體十分沉重。多分不好了也(作昏介

(粉蝶兒)(鮑上)爲惜嬋娟。又來叩重門深院。我鮑四娘。數日不知郡主病體若何呀。原來又睡在此。老夫人何在。(老旦上)若無少女隨花老

爲有嫦娥怕月沈、四娘、你看我孩兒病體若何

鮑覷他形骸雖瘦、眉氣生黃、敢待變證也、浣則管昏上來哩、老李郎好薄倖也、旦醒介哎、娘你孩兒好些了、李十郎到來哩、老那討這話來兒阿、旦我待起來、娘替我梳洗咱、老兒久病之人、心神惑亂、且自安息、豪與擁生秋鴻並上、

不是路 豪路轉橋灣。勝業坊西遮逗間。花如霰。武陵溪上舊桃丹。暮光闌。怎生乘興人空返。兜住你花驄去住難。生掩面介羞殺我也。含羞眼。舊家門

遮者矣原曲有四今刪其半予謂此宜用海塩板知音者請詳之

戶誰會盼。怕人偷喚。怕人偷喚。

【秋鴻叩門介】

前腔【浣紗上】燕子凋殘。王謝堂中去不還。誰清聆。聽重門深閉響銅環。【鴻】舊門闌。多應昨夜燈花粲。好事臨門不等閒。【浣】人喧亂。莫非各赴金錢宴。啓門偷看。落門偷看。

【一】擁生進門【豪】指生問老【云】認得此人否【老鶯介】薄情郎何處來也。【豪】請郡主出來自對付他。花邊馬嚼金環去。樓上人回玉筯看。【下】【秋】

完前送金錢公案

不是路後有旦哭相思引浣扶上不知旦爾時在在壤也

〔鴻〕云呀夫人清減了許多浣紗姐倒越越手後了旦見生歎介我爲女子薄命如斯君是丈夫負心若此韶顏稚齒飮恨而終慈母在堂不能終養綺羅絃管從此永休徵痛黃泉皆君所致李君李君今當永訣矣旦作握生臂長哭一聲倒地悶絕老作扶旦倒生懷哭介

〔二郎神〕生年光逝辜負了如花似玉妻歎一線功名成甚的把百年恩愛一朝拆散東西別後容顏全不似你生作扶旦不起介怎擡舉這一座望夫

山石。(秋鴻合)尋思起。直恁般捨得死別生離。

前腔(旦作醒介)昏迷。知他何處。醉裏夢裏纏搏得狠郎君一口氣。我那娘呵怕香魂無着甚裏風把柳絮扶飛。(生)是我扶你、(旦)扶我則甚、生不相逢死也背了你。活現的陰司訴理。(老旦鮑合前)

(旦)我和你送別陽關時節有多少話兒怎生都不提了。

囀林鶯(生)陽關去後難提起。畫屏無限相思。轉孟爲太尉參軍事。動勞你剪燭裁詩。(旦)你也見這詩

盧家少婦四句甚得元人伎倆白叶絶乖切

來（生）那婚姻怎提。都則是風聞不實。（旦）是夏卿爲媒、崔允明報信、還是風聞（秋鴻）合等慮那。只落得啼紅染遍羅衣。

前腔（旦）盧家少婦直恁美。教人守到何時。他得了一日是一日。我過一歲無了一歲。（生）當日爲絲蘭盟誓說道。生則同衾。死則同穴。怎敢便忘了。（旦）誰來信你。還說甚同生共死。（老旦）鮑老合前

（旦）賣釵時你也可知我家貧了、就看我家不上

（生）說那裏話、

玉燕釵是一本戲文關目不如此便不緊嚴

啄木見釵兒燕不在你頭上樓。那釵腳兒倒在我心頭刺。（旦）新人插釵可好、（生）誰曾送玉鏡粧臺。那裏照斜插雙飛。那賣釵人、還說的你好嗶說伊家忘舊把釵兒棄。咱堅心不信頻偷覷。（旦）偷覷怎麼、

秋鴻合怎忘得當初拾取時。偷在袖中攜。

（鮑）爺爺你也不念我舊媒人、（生）你既做媒怎又做不那賣釵的鮑三娘、就是你家奴婢（鮑）啐我家有甚麼奴婢、（生）那鮑三娘還說得好、說夫人有了一個後生、（旦）惱介好不羞、有甚麼後

鬭秋鴻一轉亦不可少

前六曲描寫怨恨已盡如

生在那裏、

[前腔][旦]你為男子不敬妻。長則是轉關兒使見識。待要你看成甚的不如夾免淘閒氣。既說我忘舊、取釵還我、[生]要還還不難、[旦]還了咱釵、討個明白去、他粧奩厭的餘香膩。待拋還別上新興髻。[浣]合竟不念當初聘定時。忍下的棄如泥。

[老]此事只問秋鴻、便知端的、[鴻]盧府親事、說便是這等說、我家東人、實是不曾成

[玉胞肚]他籠鶯打翠。背[illegible]小願于飛。[浣]既不願

鶯啼序玉鶯兒皆不必更存止加秋鴻玉胞肚一曲覩燕釵重會亦有情致耳

怎生不肯回來、鴻只爲圖美滿春光。保全受羈棲。把風波權避。旦權避甚的、鴻我家東人、但提起這釵、便眼淚簌簌的掉下來、今早在崇敬寺賞牡丹、還把這釵籠在袖裏、生合只問這紫釵懷袖可曾離。便見得初心無改移。

旦也罷這釵在那裏、生做袖中出釵介旦眞個在你袖中、拈釵做喜科不意此釵。還有重到我手之日。老浣紗、取鏡粧脂粉來、與小姐從新揷戴、生扶旦笑介看你嬴質嬌姿。如不勝致。更覺

毰音裴
毸音腮
縈音盈

結句全似北調然亦無妨

可人也。

前腔【旦】荊釵重會。與舊人從新有輝。影差池未濟齊泥。翅毰毸滴縈纖莖。【生】【合】雖然清減鏡中姿越覺輕盈勝舊時。

【老】我一家兒感的是豪客。【旦】那年元夜。也曾見他來。

尾聲夢還真敢是黃衫子。好把瑀玉腰肢着意偎再替我燒一炷盟香。寫向烏絲闌湊尾

【旦】薄命迴生得俊雄。【老】感恩積恨兩無窮。

原本有崔韋上憶多嬌曲今刪

(生)今宵賸把銀缸照、(鮑)猶恐相逢是夢中、

第三十六折 宣恩

(崔韋上)天下多有不平事。世上難遇有心人。我們生受郡主許多錢鈔、到惹起黃衫豪客來與、這段煙花結了公案、眞乃事不偶然也、(韋亞)得劉節鎮奉詔褒封、我和你須索報與他家知道、(韋)裏面有人麽、

(長命女前)(老生旦浣鮑上)春風轉新婚久別重相見。(旦)兒介(生)原來是崔韋二兄、依然舊客來庭院。

詔語亦有文彩

崔作笑介郡主不枉費了你金錢也。劉節鎮奉詔處分來此快備香案迎接劉節鎮奉詔書上聖旨已到跪聽宣讀皇帝詔曰朕惟伉儷之義末世所輕任俠之風昔賢所重每觀圖史在意斯人咨爾參軍李益冠世文才驚人武略不婚權艷甚曉大綱可封集賢殿學士鸞臺侍郎霍小玉憐才誓死有望夫石不轉之心破產回生有懷清臺衛足之智可封太原郡夫人鄭氏相夫翁桐葉而王擇壻顯桃夭之女慈而能訓老

音盈

此謂末折爲极若無繳致亦不必凡長收刪其一中小尾聲

益幽貞、可進封榮陽郡太夫人、盧太尉徒以勢壓郎才、強其奠鴈、幾乎威逼人命、碎此盤龍、宜削太尉之銜、以申少婦之氣、其黃衣豪客抜釵幽淑女、有助綱常、擲劍不平、人無傷律令、可遥封無名郡公、鮑四娘雖一風塵、亦存俠氣、可賞黃金三十斤、嗚呼、凡贊相于王風、皆揚名于白日、受茲敕命、欽哉、謝恩、生衆做謝介劉君虞別來久矣。紫玉釵之事。可細說一番。

【催拍】生記當初天街上元。結良姻在燈前月前。爲

偶閱去聲許玉茗堂上下共有十六折然近來傳奇已無長於此者自吳中張伯起紅拂記等作止用三十折優人皆喜為之遂日趨日短有至二十餘折者矣況中間情節非迫促而乏悠長之思即牽率而多迂緩之事殊可厭人乎

官路留連。（旦浣）官路留連。尋訪多情。費盡金錢。賣到珠釵。苦恨難言。（合）今日裏紫誥皇宣。夫榮婦。得雙全。

前腔（老）鮑直乃是前生分緣。幸遇着英雄見憐。重整花鈿。（崔韋）重整花鈿。接上瓊簪。續上危絃。與國香燒倩女魂旋。（合前）

一撮棹（衆）離和合歡。此情須問天。是多才[illegible][illegible]佳。枉理冤釵頭燕。鞋兒夢。酒家錢。堪留戀。情世界。業姻緣。儘人間諸眷屬。看到兩團圓。今後也[illegible]比作話

紫釵記　卷六　五十

紫釵記

故取玉茗堂本細加删訂，任碭俳優之力以悅當筵之耳，知聽者無事恐卧爲訶

紫釵記卷下

兒傳。